U0082975

少年陰陽師

しょうねん　おんみょうじ

少年陰陽師 伍拾壹

百鬼覺醒

境の岸辺に甦れ

「少年陰陽師」出場人物介紹

【京城寢宮】

脩子

內親王，曾因神詔而長住伊勢。年紀雖小，卻是個聰明的公主。

彰子

左大臣道長的大千金，擁有強大靈力，現改名為藤花，服侍脩子。

風音

道反大神的女兒。原與晴明為敵，後來成為昌浩等人的助力，現以侍女「雲居」的身分服侍脩子。

藤原敏次

比昌浩大三歲的陰陽生，是最年輕的陰陽得業生。

【冥府】

冥府官吏

守護三途川的官吏，神出鬼沒。

榎岦齋

安倍晴明的朋友，原是個陰陽師，現在替冥府官吏做事，待在夢殿。

青龍	木將，四鬥將之一，從很久以前就敵視紅蓮。	天空	土將，外貌是個老人，統領十二神將。
六合	沉默寡言的木將，四鬥將之一，非常保護風音。	天后	水將，個性溫和、身段柔軟，隨侍在晴明身旁，照料晴明。
朱雀	與紅蓮同為火將，是天一的戀人。	太裳	土將，個性沉穩，昌浩小的時候，隨侍在成親身旁。
天一	心地善良的土將，朱雀稱她為「天貴」。	白虎	風將，體格魁梧壯碩，有時會採取肉搏戰。

【安倍家】

安倍昌浩

十八歲的半吊子陰陽師。
擁有強大靈力，陰陽師的才能在安倍家也是出類拔萃。
最討厭的話是「那個晴明的孫子!?」

安倍晴明
（爺爺）

絕代大陰陽師，是昌浩的祖父。
身上流著天狐的血。
有時會使用離魂術，以二十多歲的模樣出現。

吉昌

昌浩等人的父親，天文博士。

成親

昌浩的大哥，是陰陽博士。
與妻子篤子之間有三個孩子。

露樹

疼愛昌浩等孩子的母親。

昌親

昌浩的二哥，是陰陽寮的天文得業生。

【十二神將】

紅蓮

十二神將中最強、最兇悍的鬥將，又名騰蛇。會變成「小怪」的模樣，跟在昌浩身邊。

小怪（怪物）

昌浩的最佳搭檔，長相可愛，嘴巴卻很毒，態度也很高傲，面臨危機時會展露神將本色。

勾陣

土將，四鬥將之一，通天力量僅次於紅蓮。

太陰

風將，外貌是約六歲的小女孩，但個性、嘴巴都很好強。

玄武

水將，與太陰同樣是小孩子的外貌，但冷靜沉著。

那首歌會帶來喪葬隊伍。

1

木門敞開，跳出三個身影。

「我們走啦，晴明。」

「再見啦。」

「下次帶禮物給你。」

晴明穿著單層和服，只把外衣披在肩上，走到外廊，對跳過瓦頂板心泥牆的小妖們揮手說：

「要好好保護公主殿下！」

應該已經跳到牆外的小妖們，又蹦地跳到牆上回話：

「交給我們！」

「有我們陪著公主和藤花，不用擔心！」

「還有烏鴉和車呢！」

一團黑色的東西從晴明的肩膀旁振翅飛過。

『你們幾個！還不趕快走！』

「是——」

被大聲喝斥的小妖們絲毫不以為意，從牆上跳下去。

在庭院上空盤旋了一會兒的漆黑烏鴉，回到晴明身邊，停在高欄上。

『安倍晴明，雖然懊惱，但我家公主就交給你了。』

「知道了。」

晴明鄭重回應，烏鴉伸長脖子望向晴明背後，表情凝重地說：

『公主……好可憐……』

晴明背後是他老人家的房間，寬敞的室內堆滿了許多書籍和道具。從半敞開的房間木門，可以看見躺在鋪在地上的衣服上的風音和勾陣的側面。

從九条的藤原文重的宅院回來的勾陣，背著用罄氣力、體力、靈力而陷入昏迷的風音。

向晴明報告了文重與柊子的最後結局，以及九条宅院燒燬的事後，勾陣就像斷線的木偶般癱倒下來，一動也不動了。
晴明命神將天后去把嵬找來，嵬立刻以風馳電掣的速度飛來了。
風音和勾陣看起來都很難在這一兩天醒來。
晴明請朱雀把她們兩人抱進室內，趁這時候做了式。
那是用來當風音的替身。不能讓竹三条宮的人，因她不在而起疑。只能讓替身睡在侍女室的墊褥上，再拜託藤花應對宮裡的人。
風音給了藤花紅瑪瑙的勾玉，只要隨身帶著，不必封鎖詛咒也能撐過七天左右。但是，超過七天不在，困住藤花靈魂的妖怪詛咒就會開始作亂。
若是風音復原所需的時間過長，就必須找個什麼理由，由自己或成親或昌親前往竹三条宮，施行封鎖詛咒的法術。
『聽著，安倍晴明，我不在時，你拚了命也要保護好我家公主！』
「嵬大人，有我布下的結界與十二神將的通天力量固守我家宅院，你不必擔心。」
『嗯，的確是……那麼……』
嵬檢視過綁在背上的替身後，倏地起飛，眨眼間融入黑夜裡消失不見了。

以嵬的翅膀，到竹三条宮不須兩刻鐘，應該會比剛才那幾隻小妖更快回到竹三条宮。

晴明抬頭望著烏鴉飛走的方向，嘆了一口氣。

應該快到亥時了吧？天空微陰，偶爾可以隱約看見升起的十三夜[1]的月亮。隨著時間流逝，雲層似乎越來越厚了。月亮快升到天頂時，可能會被雲遮住，就看不見了。

凝神望向雲的前方，可以勉強追逐到月光，但星光就不行了。

曾經被完全祓除的陰氣，又開始飄浮了。在陰氣完全消失前，恐怕很難看到萬里無雲的夜空。

吹起了風，庭院草木沙沙顫動。

樹木的枯萎沒有蔓延到這裡。安倍宅院環繞著晴明本身的結界以及天空的神氣，現在也還充滿清淨的空氣。

晴明回頭越肩望向室內。動也不動地躺著的風音的側面，滿是濃厚的倦意。

1. 陰曆每月十三日的夜晚。

風音身上的衣服，有片紫黑的乾漬從肩頭延伸到胸口。

再仔細察看，會看到最粗的血管旁，有道橫向的傷痕，那是被銳利的刀刃劃傷的。

晴明不知道是誰、為了什麼這麼做，他只知道風音的身體因大量失血，冷得像冰一樣，目前的狀況絕不樂觀。

血可以說是生命的根源，血流失，生命就會流失。血不夠，身體就會發冷。發冷就離死亡不遠了。

晴明思忖，身體接觸陰氣會發冷，可能是因為被剝奪了生氣，也等於邁向死亡。

正想替風音施行暖和的法術時，朱雀默默制止他，自己釋放出纏繞風音全身的神氣。這麼做是擔心身體尚未痊癒的晴明。平時，朱雀這麼做只是芝麻綠豆大的小事，但是，對現在的朱雀來說卻是很大的負擔。

朱雀做完就回去異界了。

沉睡中的風音，表情看似忍受著痛苦。

她是受前往播磨與阿波的昌浩之託，去了位於九条的文重宅院。

她會不惜把自己搞到這麼傷痕累累，也要聽從昌浩的意思，協助他、幫助他，是因為心底深處有贖罪的意識。

在她自己釋懷之前，這種事永遠不會結束。即使晴明、昌浩都說不要再那麼做了，她也不會停止。

晴明思忖，風音只要活著，就不會停止對昌浩的贖罪吧。這樣究竟是對、是錯，晴明也不知道。

或許是錯的，但是，希望風音的心靈哪天可以因此得到救贖。

如同岦齋的心靈得到救贖。

「昌浩有察覺到嗎……」

把皇上和藤原敏次的魂虫放進靈力編織而成的光球裡，小心抱回來的太陰的身影，浮現在晴明腦海裡。

她說是昌浩救回來的。敏次的魂虫為了保護皇上的魂虫，一度被敵人的兇器打散了，是昌浩賭上性命與神替換了將死的命運，才好不容易渡過了難關。

「你真行呢。」

晴明合抱雙臂，露出難受的表情。

聽太陰說這件事時，晴明冒出了一身冷汗。

把人的壽命與其他東西替換來救人的法術，晴明以前也用過。那次得到神的助力，成功了。說是賭上性命的法術，並非比喻。

而且，聽說是把將死的命運與神替換。那麼，那個被替換的神應該是順從命運，已經死了。

神一死，就會產生扭曲。無論是怎麼樣的神的死亡，都會給周遭帶來可怕的影響。

昌浩恐怕是自己承受了一切，沒有讓扭曲波及到其他人。雖說這純粹只是晴明的猜測，但是，連道反的勾玉都碎裂了，所以一定是超越想像的負荷。

晴明很想叫他先好好休息一段時間，也很想稱讚他做得很好。

打從心底想告訴他：

「你說不定已經超越我囉。」

當然，如果晴明說出這種話，神將們一定會聯合起來，一直說昌浩還差得遠啦、還不夠成熟啦，說個沒完沒了，所以，晴明把那些話都留在了心底。

「真的做得很好。」

晴明望向皇宮喃喃自語。

咻地吹來一陣風，是來自皇宮的方向。

皇上的魂虫和敏次的魂虫，都平安回到了宿體。

晴明沒有採取什麼大動作，只是施了咒，讓魂虫回到該回去的地方，再請神將們把魂虫送回宿體那裡。

太陰送去後，直接返回了阿波。

受命陪著一起去的天后和天一說，魂虫被釋放後，在宿體上空搖搖晃晃地飛了一會兒，好像在做確認，不久後才從嘴巴鑽進體內，消失了蹤影。

然後，另一半脫離的魂，也在魂虫的誘導下，回到了宿體。

神將們先確認魂有沒有受到污染、有沒有被亡魂入侵，然後等宿體的主人醒來後，才回到晴明身旁。

據神將們說，魂虫的軌跡是像線般延伸，所以，虫的形狀只是暫時的模樣，原本應該是魂線。

失去魂線，就沒有東西可以把魂魄綁在體內。魂魄完全脫離的宿體，會停止運作，那就是宿體之死，是人類知道的所謂死亡現象。

失去魂虫的敏次的魂魄，脫離了一半，所以應該可以把魂虫視為魂線改變後的模樣。

改變模樣的關鍵是名字。

失去魂線的敏次，是靠昌浩唸的布瑠之言[2]，以及陰陽寮所有人熱切的期盼，在垂死邊緣獲救。然後，因為昌浩救回來的魂虫回到宿體，才完全逃脫了已經敞開的死亡之門。

昌浩一定很想問，皇上和敏次是怎麼樣醒過來的？魂虫是怎麼樣回到了宿體？晴明放了式通知他，兩人已獲救，但上面只寫了簡要的敘述。

「以後再彙整寫給他看吧……」

當然，也會口頭跟他說。但是，寫下來讓他反覆看，說不定哪天會有幫助。

晴明莞爾一笑。

離壽終還有一小段距離，還有時間。但是，還有時間也不能安心，因為要傳達的事還有很多。想到這樣，就覺得不論有多少時間都不夠用。

晴明放式去昌浩所在的四國阿波，是在午時過半的時候。呈現白燕模樣的式，直直飛向了阿波。沒有意外的話，傍晚應該會到。

這種時候，不能使用風將的風，讓晴明深感不便。

因為愛宕天狗颯峰請求援助，所以白虎跟太裳、玄武去了愛宕異境，到現在都還沒回來。

可能是異境之地的封鎖破綻，狀況比晴明想像中還要嚴重。

「話說，我要是能趕快痊癒就好了。」

晴明合抱雙臂，「嗯嗯」點著頭，回應自己說的話。

他敢說這樣的話，是因為聽到這種話會大發雷霆的神將一個也不在身旁。

以白色異形模樣現身的紅蓮、勾陣，也都躺在室內動也不動。天空在生人勿近的森林裡，無休地守護著結界。

神將們的臉一一浮現腦海。他讓天后和天一回到了異界；青龍討厭怪物小怪，不肯從異界下來；朱雀把勾陣和風音送回來後，馬上回到了天一身邊。

白虎、太裳、玄武被他派去了愛宕的異境。

他望向了阿波的方向。

太陰與六合在昌浩那裡。聽說太陰還勉強能動，六合因為神氣被智鋪祭司放射

2.讓死者復活的言靈。

的邪念連根祓除，失去了意識，不知道要花多少時間才能恢復神氣。

青龍和朱雀也還沒完全復原，萬一發生什麼事，恐怕會跟勾陣一樣，體力一下子消耗殆盡，倒地不起。

晴明深切意識到，現在幾乎沒有出事時可以作戰的人。

原本這些戰力的空缺，都是由風音補上，但是她也倒下了。

「不知道昌浩退燒了嗎……」

太陰的風捎來訊息，說昌浩傍晚醒來過一次。但是，熱度太高，醒來沒多久又昏昏沉沉地睡著了。

如果在他身旁，就可以為他唸痊癒的咒語或做任何事。但是離這麼遠，什麼都做不到。

「爺爺最近都幫不上你的忙呢，昌浩……」

像以前那樣，隨時待在他身旁，就能為他做任何事了。

忽然閃過一個念頭，晴明眨了眨眼睛。

對了，寫封書信，請道反女巫做新的勾玉吧。

失去靈視能力的昌浩，沒有勾玉就看不到靈異的東西。

明天早上放式，應該過中午就能到達道反的聖域了。最晚在幾天內，就能準備好新的勾玉，到時候再派太陰或六合去聖域拿。

「不對，六合的神氣被連根祓除，失去了意識，只能叫太陰去……」

忽然，好像聽見了呸鏘水聲。

晴明四處張望。

被風吹來的葉子落在庭院的水池上，掀起大大的漣漪。

重重漣漪泛起又消失。

十三夜的月亮被越來越厚的雲層遮蔽，完全消失了。

在沒有月亮、星星的夜裡，晴明定睛注視著水面。

「預言是咒語啊……」

折磨了岦齋好幾十年的件的預言，把小野時守逼瘋了、把尸櫻界的屍逼瘋了，文重和柊子也是死在預言之下。

那些可以說是起因的預言，都是「件」放出來的。收到太陰的風，得知那個「件」是智鋪眾操縱的式時，晴明受到莫大的打擊，眼前一片漆黑。

件這個妖怪確實存在。

幾十年才會生出一個件來宣告預言，這個預言無不靈驗。

晴明、岦齋和其他人都知道這件事。

現身的件所說的話是預言，說完預言，件就死了。

宣告預言的件總是說完就消失了，因為不見了，所以大家都認定是死了。

說不定，連件的消失都是智鋪眾的宮司或宗主、祭司策劃的一部分。

發現肩上有被風吹落的葉子，晴明拿起來，在口中輕唸咒語。

剛開始微微枯萎的葉子，變成小小的飛蝗，從晴明手上飛走。

「——……！」

晴明咬住嘴唇，快要被羞愧的心情壓垮了。

為什麼沒有察覺呢？

如同陰陽師會這樣做式，智鋪眾也能做出件那樣的式。

件宣告一次預言就會死，死後也會很快再出生，從來沒有人想過這是為什麼，原因可能是預言無不靈驗的傳說，以及心靈會被預言困住。

件會宣告預言，件的預言無不靈驗。

這是在知道件的同時，就會被施放的咒語。

晴明把手擱在高欄上，懊惱地咬牙切齒。

他知道件這個妖怪，是在行元服禮之前的孩提時代。除了件，還有很多妖怪、很多怪物。

是棲宿在京城的小妖之一，把件這個妖怪的事告訴了晴明。

更詳細了解，是在進入陰陽寮之後。因為某次受命調查的事件當中，也包括了件。

很多人都知道件。這些人都知道件會宣告預言、知道預言無不靈驗。

件也留下許多與死和滅亡無關的預言。

但是，會困住聽到的人、會讓人瘋狂的預言，是智鋪眾做為式的件才會施放的咒語。

也就是說，智鋪眾可能是在晴明和豈齋還未出生的很久以前，就把件當成式來操縱，或是做了名為件的式的替身，一直在施放以預言為名的咒語。

人生被件的預言攪亂的人，全都是法力高強的術士。

智鋪的件是選擇對象在宣告預言。

智鋪眾是利用件的預言這樣的咒語，埋葬了法力高強的術士。

「為了……什麼……」

喃喃自語也沒有答案。

樹木窸窸窣窣作響。風每每吹過，都像要控訴什麼，敲響枝葉，宛如高聲呼喊。

污穢的根源已被斬斷。導致樹木枯萎的柊子，恢復了原有模樣。

樹木不再枯萎，氣不再枯竭，污穢即將消失。

不知道需要經過多少時間，但是，氣應該會再開始循環吧。

又聽見了咚鏘水聲。

水池的水面泛起波紋。

晴明望向因波紋而變形的水面，在搖擺蕩漾的那裡看到一個人影。

他倒抽一口氣，抬起了視線。

水池那邊站著一個意想不到的人。

不由得緩緩吐出一口氣後，晴明開口說：

「還真……難得呢……」

聽到老人的低喃，男人高傲地笑了起來。

晴明心想這樣站著，等於是俯視他，於是不露聲色地跪了下來。

「怎麼了？冥官，沒想到您會現身。」

難道又發生了什麼可怕的事？

這個男人在幾百年前結束身為人的生命後，沒有轉世輪迴，變成了鬼活在永恆的時間裡。

偶爾會出現在夢裡或現世，提出無理的要求，或說些殘酷的話。啊，神將們也曾被他當成棋子使喚。

儘管如此，冥官說的話基本上都有道理，所以，晴明不會忤逆這個男人。

他不想惹他不高興，連累到現在應該也還在那個河畔等待的妻子。

忽然，他想起妻子曾經說過的話。

「對了，以前我妻子說過……」

「說過什麼？」

簡短回應的冥官，表情一成不變。

「她說官吏大人是個慈悲的人……」

那是好幾年前的事了。

離天命還有一段時間，他卻去過隔開彼岸與此岸的河川附近好幾次了。

晴明的妻子年紀輕輕就香消玉殞，儘管恐懼黑暗、害怕獄卒，卻還是留在邊境河川的河畔，等待所愛的丈夫壽終正寢來到這裡。

她應該會說，她是覺得一個人過河太寂寞了。其實，她是不想讓害怕寂寞的丈夫一個人過河，才會忍受恐懼在那裡等待。

晴明真的很想趕快去陪她，然而，同時也真的很想陪兒子、孫子們，再多度過一些時間。

晴明想起她生下吉昌後，產後的復原狀況不好，越來越衰弱的模樣。還想起，她香消玉殞後，在庭院綻放的山百合的花香，帶來了不可言喻的悲哀。

那是十二神將天后，為妻子從山裡採回來栽種的花。

今年秋天，栽種在庭院四處的山百合，也會再綻放大大的花朵吧。

「我是慈悲的人嗎……」

低喃聲掠過晴明的耳朵。

是冥官。

晴明忽地皺起了眉頭。

為什麼冥府官吏的聲音，似乎帶著自嘲的味道呢？

詫異地看著冥官的老人，不禁有些忐忑不安。

胸口深處莫名地發冷，心跳加速，可以感覺手腳末梢的體溫開始下降。

有不祥的預感。

冥官要開口說話了。

晴明真的很不想聽。

聽見了說話聲。

「……」

十二神將勾陣猛然張開了眼睛。

大腦昏沉，思緒散漫。

不知道為什麼，心情非常不好。

沒來由地覺得，自己會醒來，似乎是因為有非常令人厭惡的東西，突然闖入了原本平靜的地方。

有人在說話。因為思緒不穩定，所以，進入耳朵的話直接穿過，沒有留在大腦裡。

「……」

勾陣緩緩移動如鉛般沉重的頭。

在黑暗中，神將的眼睛也能如白天般看透周遭。

木門半敞開著，可以看出是沒有月亮也沒有星星的黑暗。

從縫隙吹進來的風，吹亂了臉頰和額頭的頭髮，令人厭煩。

沒有抑揚頓挫的低沉聲音，從木門的縫隙鑽進來。

這個聲音聽過，很耳熟，是誰？

瞌睡的浪潮襲來，比黑夜還要漆黑的波浪覆蓋了朦朧的思緒。

她聽不懂話中的意思。

但是，她知道一件事。

那就是聽起來像是詛咒。

在眼皮快要完全闔上之前，她看到坐在外廊上的背影，搖晃得很厲害。

不行。不要聽他說。不可以聽。

那個男人總是帶來絕望。

「——……」

不要聽。我們無法承受。毫無辦法。

不行，不要聽。

「……——」

不要聽，晴明——

◇ ◇ ◇

冷冷的風拂過。

坐在外廊上的晴明，半垂著頭，茫然注視著水面。

不，沒注視。

他什麼也沒看到。即使映在眼裡，也傳達不到心中。

黑漆漆的水面隨風擺盪，波動起伏。

草木窸窸窣窣作響。

「……」

從老人的嘴唇溢出不成話語的聲音，被風攔截，沒能成為聲響。

原本站在水池旁的男人，已經消失了蹤影。

晴明遲緩地搜尋他的身影。明知他不會告訴自己那是戲言、那是謊言，卻還是忍不住要那麼做。

絕望總是在意想不到的時候，以意想不到的姿態出現。

老人伸出枯瘦的手指抓住高欄，指頭微微顫抖。

就在這時候。

「晴明——！」

老人驚訝地張大了眼睛。

短小的身影躍過瓦頂板心泥牆，翻滾似地跳過來了。

是小妖裡的獨角鬼。

不久前才跳過瓦頂板心泥牆回竹三条宮的獨角鬼，不知道為什麼涕淚縱橫地跳上了外廊。

撲倒似地爬上晴明膝蓋的獨角鬼，抓住只披著的外衣的袖子，大叫：

「救命啊、救命啊！晴明，快點！」

用力扯著袖子催促的獨角鬼的力道過大，晴明不由得把手抵在外廊上。

「等……等等，獨角鬼，怎麼了……」

「快！公主殿下、公主殿下！快啊……晴明……？」

獨角鬼眨眨眼，傾斜著身體說：

「怎麼了？晴明，你怎麼臉色發青呢……我是說發白……」

被定睛仰視的晴明，露出慌張的神色，單手摀住了嘴巴。

「我只是吹風吹得有點久了……」

「咦？看起來不像是那樣……」

並不是身體變涼發冷的表情。

獨角鬼看過晴明這樣的表情。沒錯，好像看過。

那是什麼時候？發生了什麼事呢？

獨角鬼覺得不對勁，試著挖掘記憶。晴明抱起這樣的它說：

「別管我了，趕快說公主殿下怎麼了？」

這句話轟走了獨角鬼腦袋裡所有的思考。

「公主快死了！晴明，救救公主、救救公主！快啊——……！」

驚慌失措的獨角鬼的叫聲，也傳到了室內。

橫臥的風音的虛弱無力的指尖，微微動了一下。

◆　◆　◆

2

言靈會成真。
預言會成真。

詛咒——會成真。

◆　◆　◆

可以聽見蟲的叫聲。
「——……」

不知為什麼醒過來了。

在沒有燈光的黑暗中抬起眼皮的昌浩，只移動視線觀察周遭。

這是哪裡呢？

只花了非常短暫的時間思考，就立刻想起來了。

這是有榊眾柊之鄉的枯萎柊樹的古老房子。

側耳傾聽，可以隱約聽見蟲的叫聲、風的呼嘯聲，宛如有人在啜泣。

昌浩不禁打了個寒顫，默默地深呼吸。

蟲叫聲不絕於耳。才陰曆五月，卻已經聽見秋蟲的叫聲。

因為深山裡的季節更替比較快嗎？

但也未免太快了，夏天才過一半。而且，充斥著污穢的這一帶，會有那麼多蟲多到叫聲綿延不絕嗎？

宛如銀鈴般的蟲叫聲。

「……蟲……？」

昌浩喃喃低語，豎起了耳朵。

真的是蟲嗎？聲音特別清澈，聽起來很像在敲擊什麼堅硬的東西。

到底是什麼呢？

很好奇，但是，身體如石頭般沉重，連動一根手指都很困難。

明明躺著，卻覺得頭暈。呼吸加快，思緒逐漸渙散。

好熱。思緒恍惚。

發燒了。身體因為超越極限的負荷，發出了慘叫聲。

昌浩忽地瞇起眼睛，移動視線，在黑暗中搜尋神將們的身影。

對了。因為道反的勾玉碎裂，所以，他們不刻意顯身，現在的昌浩就看不見他們。

那是很久以前，道反女巫送給昌浩的勾玉，用來彌補昌浩失去的靈視能力。等體力稍微恢復後，必須去拜訪久違的道反，為勾玉碎裂的事道歉，同時請求賜予新的勾玉。

明天應該會退燒。但是，退燒後，可能還要花很長的時間，才能像原來那樣活動。

拿到勾玉，把蔓延到四國和中國地區的污穢祓除後，再回京城。

這樣要花幾天的時間呢？十天？不，可能更久。

可能的話，希望陰曆六月之前可以回到家。

回到家，然後……

「必須……向爺爺報告……才行……」

必須向待在京城的晴明報告發生的事和所見所聞。自己是當晴明的棋子來到這裡，所以有報告的義務。

然後，再去看獲救的敏次。昌浩回去時，敏次也應該復原了，說不定都已經開始工作了。

一定是這樣。敏次這個人，會懊惱延宕了求學、工作，同時也珍惜撿回來的性命，卯起勁來埋頭苦幹。

還有其他想見的人。只要能隔著竹簾稍微看幾眼、稍微交談一兩句話，就會覺得很幸福。

沒有更多的期待，因為知道不能期待。

「……」

昌浩喘著氣，緩緩環視屋內。

躺在稍遠處的神祓眾的冰知，反覆著混亂急促的呼吸。

沒看到太陰。如果察覺昌浩醒來，她應該會過來招呼，所以她一定不在屋內。可能是在屋頂上看守。目前只有太陰能正常活動，所有重擔都落在她肩上。

在覺得對不起她的同時，可悲的自責想法也湧上了心頭。

都是因為自己莽撞行動，才會變成這樣。怪物小怪如果在這裡，一定會被它痛罵一頓。

它一定會口若懸河地罵出各式各樣斥責的話，多到讓人覺得怎麼會那麼多。偶爾，勾陣也會幫腔，而且直搗核心，說得昌浩啞口無言。

想到兩名神將嘰哩呱啦怒罵的模樣，他不禁覺得好笑，心情輕鬆許多。

怪物小怪應該還沒醒來吧？或者已經恢復意識了？

即使恢復了意識，也希望它能在復原前好好靜養。或許它會豎起眉毛說：「把我害成這樣的當事人憑什麼這麼說。」但是，昌浩還是真心希望它能好好休息，努力復原。

昌浩知道自己回去後也要好好休息。

逞強會減慢復原的速度，也會縮短生命。雖然靈力會因此增強，但是要使用那樣的靈力，最好還是有健康的身體。

他大大喘口氣，呼出來的氣是熱的，感覺越來越倦怠了。

傍晚他醒過來一次，聽太陰說皇上和敏次都獲救了。

他很想趕快回去，親眼確認他們平安無事。但是，身體不聽使喚，在這種狀態下回去，也不會被允許晉見。

總而言之，自己又差點死掉了。醒來後才想到，啊，又做了那種事。但是，當時就是一股腦兒做下去了，無法思考其他事。

這是第幾次了呢？他自嘲地微微一笑。

痛苦、難過的事，他經歷過無數次。抱定決心死過一次、在處理事情的過程中差點死掉好幾次、修行中也不小心陷入險境無數次。

每次靈力都會增強，所以能逃過無數的危機，領悟許多法術，勉強撐到了現在。

但是，離目標還十分遙遠。

那就是成為不傷害任何人、不犧牲任何人的最頂尖的陰陽師。

高舉這個理想，是從自以為已經長大成人的孩提時代開始。

理想越具體化，就越知道路途有多遙遠，但他仍然奮鬥不懈。

不久前與小妖們去貴船的事閃過腦海。

真要說起來是大麻煩，但偶爾也會立大功的小妖們，有時很煩人，但有時候也幫得上忙，現在昌浩莫名地想念它們。

必須去向高淤神報告，已經斬斷樹木枯萎的根源。

忽然，有誰翻身的動靜，是在冰知的內側。

身體不能動，只能探索動靜。比古就躺在那裡，只是被冰知的身體擋住看不見。

應該是在睡覺吧。鼾聲時而混亂，不知是傷口疼痛，還是在作惡夢。

「……」

昌浩微瞇起眼睛，把視線移向閣樓。

是自己用雷擊斃了智鋪的祭司。

無論如何，昌浩都不能原諒把真鐵的遺體當成替身的智鋪的祭司。

敏次的魂虫遭到破壞時，昌浩內心燃起了熊熊怒火，那道雷純粹是私怨。

軀體被雷神之劍擊中，消失不見了，片甲不留。現在回想起來，應該把軀體完整地帶回來，還給比古。因為是在盛怒下施行法術，所以沒能做到。

七零八落掉下來的魂虫、操縱菖蒲的祭司的模樣、囚禁魂虫群的白球、現身的柊子、站在黑色水面上的件。

呸鏘水聲迴盪。

好幾個光景如雜亂的圖畫故事，在昌浩腦裡起起落落。

水聲響起。站在水面上的妖怪，以預言之名施放了咒語。

好幾個預言在腦裡骨碌骨碌迴轉。件不斷施放咒語。

祭司說他正在擊潰阻礙者。

為什麼要企圖打開門？

智鋪眾鋪路，到底為了什麼？

「不行……」

思緒逐漸渙散，無法集中。昌浩想抓住什麼，那東西卻從指縫間溜走，越飄越遠。

比古和冰知的鼾聲凌亂。啊，必須趕快把他們兩人帶到比較完善的地方治療傷口。

還有六合。這個柊之鄉已經滅亡。待在這裡無法彌補神氣。

忽然，昌浩想到了太陰不在屋內的理由。

靠近失去意識的六合，太陰說不定會被剝奪神氣。

六合是鬥將的第四強手，神氣雖不如紅蓮、勾陣，但比太陰強大許多。太陰被奪走神氣，絕對會倒地不起，那麼昌浩他們都無法離開這裡。

閉著眼睛，在昏昏沉沉中反覆思考的昌浩，忽然察覺一股視線。

「……」

他微微張開眼睛，搜尋視線來源。

入口的木門，敞開了小小三寸。

昌浩感到詫異。剛才環視屋內時，門明明關著，難道是記錯了？

今晚應該是十三夜，若天氣晴朗，就會有月光，但是現在屋內、門外都很暗。

咦？昌浩不禁感到疑惑。

這麼暗為什麼看得到門敞開了呢？

地爐的火滅了，也沒有月光，為什麼看得到冰知的模樣呢？不只輪廓、陰影，連側面、苦悶的表情都看得清清楚楚。

太奇怪了。

就在產生違和感的瞬間，響起了特別大聲的蟲叫聲。

然後，再疊上清澈的歌聲。

《——……一……二……》

「——……！」

全身起雞皮疙瘩。

是歌聲。

昌浩認得這個聲音。在這之前都忘了，但聽到的瞬間就想起來了。

同時察覺，從以為醒來的時候開始到現在，全都是夢。

蟲聲靜止了。

「……唔……唔……」

冰知和比古的呼吸急促混亂，開始參雜呻吟聲。

昌浩的雙手試著使力，但動也不動。好不容易才能抖動指尖，抓撓冰冷的地板。

但指尖也冰冷得可怕。

整個圍繞昌浩的空氣都是冰冷的。

風從敞開的木門吹進來。

強烈、冰冷到令人窒息的風，帶著鑽入肺裡會一直凍到胸口深處的詭異。

昌浩拚命移動視線。

從木門與柱子的縫隙吹來的風，跟以前在夢殿感覺到的風一樣。

室溫更低了，吐出來的氣是白的。冰知和比古發出呻吟聲，反覆著急促的呼吸。每吸一口氣，風都會進入肺裡，讓身體從內部開始發冷凍結。

《……二……三……》

風帶來的歌聲，斷斷續續地鑽入耳裡。美麗、可憎的聲音在腦中迴響，令人頭暈目眩。

嘎噹響起木板移動的聲音。

昌浩定睛凝視。

離地面大約一寸的地方，有雙瞪視充血的眼球。

「——」

在比黑暗更沉重更深色的黑暗中，那兩隻眼球直直盯著昌浩。

木門外有許多氣息哆嗦震顫起來。一雙眼球後面，有更多的黑影。

幾乎籠罩整個腐朽的柊之鄉的氣息，隨風蜂擁而至。

木門又發出嘎噹聲響，慢慢推開了原本只有三寸的縫隙。

吹進來的風更大了，讓人呼吸困難。

黑色的手伸進了屋內。

昌浩無法把視線從那裡移開。

心臟噗通噗通狂跳。

歌聲嘹亮。有許許多多的氣息，散發出讓人凍僵的寒氣。

那首歌會帶來喪葬隊伍——。

「……——」

昌浩的記憶到此中斷了。

◆　◆　◆

「……浩……喂……昌……浩……！」

被粗暴搖晃的昌浩張開了眼睛。

在黑暗中看見十二神將蒼白的臉。

木柴發出嗶剝爆裂聲，昌浩看到朦朧的橙色火光，在太陰背後搖曳。

非常非常微弱的火焰搖擺著。

為了不讓火熄滅，又不妨礙人類的睡眠，只加了些許木柴維持燃燒。

「太陰……」

嘟囔聲又乾又啞。

太陰雙手托住昌浩的臉頰，表情嚴厲地盯著他的眼睛。

「太陰……？」

「昌浩，你剛剛看到了什麼？」

「咦？」

昌浩不明白她的意思，眨了好幾下眼睛。

太陰的手特別熱。

不，不對。

不是太陰的手熱，是自己的臉頰異常冰涼。

嬌小的神將抓住昌浩躺著的蓆子一角，拖到地爐旁邊。

「你要暖暖身體，我讓火燒旺一點。」

太陰邊說邊把堆積在三合土牆邊的木柴抱過來，放進地爐裡。

乾燥的木柴瞬間就燒起來了。

被火照亮的屋內，天花板很高，可以看見堆積在橫木和梁木上的灰塵，被升騰的熱氣煽動。

昌浩呼地喘了口氣。

他移動僵硬的手，擦拭額頭冒出來的汗。包括脖子、背部、腰部，全身都被汗水滲透了。

這樣下去會受涼感冒。

「昌浩，你還好吧？」

太陰擔心地皺起眉頭。

昌浩試著爬起來，但身體不聽使喚，只好放棄，躺著點點頭說：

「還好……我剛才怎麼了？」

正在移動木柴位置調整火勢的太陰，臉色轉為嚴厲。

「你一直在睡覺，剛才表情突然變得很痛苦，呼吸也變得急促。」

同時，比古和冰知也開始呻吟，圍繞三人的空氣急遽變冷。

「從你們身上吹來了很冷的風……這麼說有點怪，可是真的是那樣。」

「嗯，我知道。」

昌浩徐徐點頭。

是黃泉的風從剛才作的夢吹來了現世。

夢對作夢的人來說是現實。有能力的人作的夢，很可能以具體形狀出現在現世。若不是被太陰叫醒，那些黑影和喪葬隊伍說不定會來到現世。

他移動視線觀察冰知和比古的狀況。

冰知躺在跟夢裡一樣的地方，更裡面傳來比古在那裡的氣息。現在兩人的呼吸和表情都緩和下來了。

「六合呢？」

他詢問不見身影的神將的安否，得到意外的答案。

「那樣下去，他會奪走我的神氣，所以讓他回異界了。」

「咦？」

昌浩張大了眼睛。太陰聳聳肩說：

「我可是有仔細思考過喔，我想我必須保護你，要是動不了就完了。」

她把風傳送給朱雀和天一，跟他們商量該怎麼做，他們說如果六合願意回異界，就來接他。

「朱雀已經好了嗎？」

「我不知道他好了沒，但應該至少恢復到可以來接六合的程度了。呃，對了，起初好像是說要把他帶回京城，然後丟在貴船神域或什麼地方。」

「丟……」

應該是比喻，但昌浩覺得那不像是比喻。

「被天一責備說那樣太可憐了，他才沒那麼做。」

「咦、咦！」

可以感覺到朱雀果然就是朱雀。

「對，然後，聽晴明說你的勾玉碎了，沒用了，他就說……」

——好，把他送去出雲吧，道反的聖域充滿比人界更清淨的空氣，那裡的守護妖應該也累積了不少見到六合時想說的話，再順便請女巫大人賜予勾玉，那就是一石三鳥了。

「後來又說，不，自己也在聖域恢復神氣，就是一石四鳥了。」

「這樣啊。」

昌浩佩服地嘆了一口氣。

位於道反聖域的瑞碧之湖，只對治療身體受的傷有效，對神氣或靈力無效。但是，道反聖域本身是被道反大神的神氣包覆的神域，既是天津神的神氣，就不會全部被神將們奪走。

「朱雀太聰明了，我完全沒想到。」

太陰搖搖頭，回應昌浩的話：

「他是想著連六合都倒了，不趕快復原的話，沒辦法保護你和晴明……大家都很焦慮呢。」

這麼說的太陰，也把焦躁壓抑在內心深處。

晴明待在安倍宅院的結界內還好，有天空在，不用擔心。

但是，發生什麼事時，沒有人可以成為晴明的劍、晴明的長矛、晴明的刀刃。

有盾牌，也有保護牆。

但是，只有那些。光靠防禦，總會出現破綻。

晴明的神將們，歷經接二連三的作戰與陰謀，逐漸被削弱了力量。每個人都想趕快恢復力量，恢復的幅度卻趕不上心中的急躁。

朱雀會為了多少增加點人手，採取毅然決然的行動，就是基於這樣的背景因素。

現在的安倍宅院，只有天后和天空毫髮無傷。

「這樣啊……」

昌浩臉色沉重地回應，讓太陰察覺到自己的失言。

不能行動自如的懊惱，並不是神將才有。

「啊，呃，忘了我剛才說的話，昌浩。沒我說的那麼焦躁啦，真的。」

太陰急得越說越激動，昌浩對她微微一笑說：

「我現在……因為發燒，精神恍惚，都忘了。」

昌浩的用心讓太陰明顯鬆了一口氣，然而，她桔梗色的眼眸仍然流露出心情複雜的神色。

木柴輕輕爆裂，發出清脆的聲響。火星跳到爐子邊緣，忽地消失。被火焰烘乾的灰裡飽含熱氣，逐漸暖和了躺在稍遠處的昌浩的臉頰。

閉上眼睛，可以清楚聽見木柴燃燒的聲音，和幾道呼吸聲。

冰知、比古和自己，都滿身瘡痍。

還有太陰，恐怕也耗損得十分嚴重，只是不讓人看出來而已。

在那樣的污穢中奮戰，還在京城和這裡之間來來往往，更為了保護自己等人隨時打起精神，這樣不筋疲力盡才奇怪。

不能光想著自己和冰知們，也要讓太陰休息才行。神將們怎麼說都是祖父的式神，昌浩只是借用而已。

原本就是這樣，昌浩只是不太去想這件事而已。

「啊，對了，昌浩，你碎掉的勾玉要怎麼處理？」

「嗯？」

「好像還有一點力量，可以放在四個角落嗎？」

這麼做是為了預防睡覺時又有邪惡的東西伸出魔手。

「嗯，麻煩妳這麼做。」

太陰淺淺一笑說：

「傻瓜，這種時候可以任性一點。」

晴明都是這樣。

昌浩苦笑著闔上眼皮。

在碎片相互撞擊的咔喳咔喳聲響鑽進耳裡的同時，也能感覺到太陰的氣息正向四個角落移動。
對了，她以前會戴有鈴鐺的腳飾，在尸櫻界失去後，就沒再訂作新的了。
昌浩想起太陰一動就會響起的清澄聲音，覺得很懷念。
「太陰……」
閉著眼睛呼喚，就聽見了回應聲。
「什麼事？」
聽得見風吹聲。夏天才過一半，卻感覺氣溫特別低，可能是快到天亮前黑暗最濃厚的時刻了吧。
「天亮後，我想請妳再辛苦一下。」
從氣息可以知道太陰正催他繼續說下去。
「我們去菅生鄉吧，那裡有神袚眾，我們和妳都能安心睡覺。」
然後，養好身體，回京城，拜託天空幫妳做新的腳飾。
昌浩暗自作了這樣的決定。
「螢和多由良一定也很擔心我們，所以，回菅生鄉吧。」
「也好……就這麼做吧。」

太陰稍作停頓，又用帶著苦笑的聲音追加一句：
「不會辛苦啊，載你們三個人一點都不費力。」
其實話裡隱藏著逞強，但昌浩假裝沒聽出來。
天快亮了，在那之前多少睡一下，讓身體休息吧。
要快點睡著才行。
這麼想時，昌浩已經墜入了深沉睡眠的最底處。

閉著眼睛的昌浩，鼾聲雖然有點重，但是已經變得規律了。太陰這麼確定後，深深嘆了一口氣。
「身體好沉重……」
要維持平時的呼吸都很辛苦。
儘管坐著不動，呼吸還是很急促，好想直接躺下來。
已經斬斷污穢的根源，飄浮在這片大地上的陰氣卻還是原樣。柊之鄉周邊一帶的陰氣，被昌浩的雷擊轟散了，但是，又漸漸增強了濃度。

可能是周遭的陰氣從減弱的地方灌進來了，晚上會變得特別強烈，所以光這樣待著都會消耗體力。

「撐到明天早上就行了……我要加油！」

太陰這樣對自己說了好幾次。

這裡沒有其他人了。為了把冰知、比古，尤其是昌浩平安送回晴明那裡，太陰使盡了殘餘的力量。

確認四個角落的勾玉碎片。

太陰不是陰陽師，所以把碎片當成依附體，也不能編織出堅固的結界。但是，可以把碎片當成媒介，讓神氣不停地循環。

離天亮不到一個時辰了。

太陰把木柴放進地爐裡，確定火燒起來了，才抱著膝蓋閉上眼睛。

木柴發出嗶剝作響的聲音，揚起火星。

太陰沒有動。

風聲漸強。

木門發出嘎答震動聲。

木柴的火爆裂。三個人發出了鼾聲。

關著的門慢慢敞開了三吋左右的縫隙。

昌浩和太陰都沒有反應。

非常接近地面的地方有片黑暗，兩隻充血的眼球，從縫隙深處往裡面看。

《……》

眼球骨碌環視屋內，發現了四個角落的碎片。

無數的氣息在木門後面蠢動起來。

往裡面看了好一會兒的一對眼球，很快消失在黑暗中。

◇　◇　◇

3

人死了，會去哪裡呢？

年幼的時遠這麼問時，是姑姑螢回答了他。

會去天上、地下。

魂魄分開，各自前往。

屬陽的魂會回到輪迴的圈子，變成幾萬片的碎片，最後成為哪天即將誕生的某人的生命的一小部分。

屬陰的魂，會去地下底層，沉入被稱為根之國底之國的光線照不到的黑暗盡頭，沾染晦暗而消散。

為什麼魄不回到輪迴的圈子呢？

原本就是一個東西，一起回去就好了啊。

時遠這麼說，螢有點為難又有點落寞地回應了他。

一定、一定是……

為了不要把罪行和過錯，帶到下一次的生命裡。

死後，魂與魄各自分離，是這個世間的哲理，說不定是神賜給人類的救贖。

「但是……」

螢望向了遙遠的彼方。

若會犯下不死就得不到救贖的罪行，那麼，

還不如在那之前就結束生命——

◇　◇　◇

有人在哭。

某個人。

「……」

時遠猛然張開眼睛，只看到一片漆黑。

他輕輕轉頭，小聲呼叫名字。

「……冰知……？」

曾是已故父親的現影的男人，總是跟在他身旁，叫名字就會馬上現身。

但是，感覺不到冰知就在附近的氣息。

「冰知……」

時遠又呼叫一次，嘆了一口氣。

「這……一定是夢。」

螢、冰知還有夕霧，都不可能把年幼的時遠一個人丟在一團黑暗中。
時遠側耳傾聽。
黑暗深處有人一直在抽泣。
時遠眨眨眼，喃喃低語。
「姑姑……？」
哭泣的人是螢。
在哪裡呢？
時遠向前走尋找螢。

小野時遠四歲了。
從他出生時就在一起，有時會陪他玩到盡興的白色怪物，跟安倍昌浩一起回京城了。
他希望怪物還能偶爾來陪他玩，可是，前幾天螢對他曉以大義，說怪物忙著保護昌浩，沒空來陪他玩，他就死心了。
不久前昌浩來的時候，怪物沒有一起來。他很擔心怪物怎麼了，可是昌浩很快就去了阿波，所以沒辦法問怪物的事。
「不知道小怪好不好……」
這麼喃喃自語時，腳下出現了白色身影。
「哇！」
因為是夢，所以，想到就會有具體形狀。
白色怪物瞥一眼時遠，不悅地嘆著氣，邊用後腳搔著脖子一帶。
「小怪。」
被這麼一叫，它挑起單邊眉毛張嘴說：
「不要叫我小怪，我不是怪物。」
時遠好開心，心想果然是自己認識的怪物。
「小怪，昌浩叔叔現在怎麼樣？有沒有找到冰知？」
怪物搖搖頭。
「不知道，先來說說你吧。」

怪物甩一下長長的尾巴，把宛如擷取夕陽溶入的紅色眼眸轉向時遠。

「不要在夢裡玩了，你是神祕眾的下一代首領，夢裡住著死者、神、魔物，萬一被邪惡的東西盯上，說不定會被誘拐帶走。」

才說完，就從遠處傳來微微的歌聲，彷彿在呼應那句話。

《……》

時遠頓時全身僵硬。

本能告訴他，那是非常可怕的聲音。

不由得伸向怪物的手，還沒抓住怪物，怪物就一溜煙跑了。

「我只是影子，不能保護你。」

「可是……」

時遠不安地縮起身子，怪物對他說：

「有比聽那個聲音更重要的事，快想起來你剛剛在找誰。」

「咦？」

突然被那麼說，時遠眨了眨眼睛，白色怪物就忽然消失不見了。

時遠蹲在怪物剛才所在的地方，伸出了手，但是什麼也沒摸到。

他重複怪物說的話。
「剛剛……在找誰……」
他站起來，環視周遭一圈。
「我剛剛在找姑姑。」
她一直發出非常悲哀的聲音在抽泣。
側耳傾聽，會覺得那個美麗的歌聲從遠處迴盪而來。
一不注意，心就會被困住，時遠好幾次甩頭擺脫了。
然後，耳朵又捕捉到了螢的聲音。
「姑姑，妳在哪？」
時遠追著抽泣聲，慢慢向前走。
他非常喜歡溫柔、充滿愛心、修行時像鬼一樣嚴厲的螢。
他跟螢在一起，比跟母親山吹在一起的時間更長。
母親總是對時遠說，你必須最聽螢說的話。時遠被螢稱讚了，母親會顯得比誰都開心。
而螢也會對他說，你必須最重視嫂嫂也就是你母親說的話，因為在這世上最疼愛你的人就是你的母親。

困惑的時遠問冰知該怎麼做才好。冰知是時遠出生前就已經亡故的父親的現影，在鄉里中是特別愛護時遠的人。

冰知思考了一會兒，對他說你要好好聽螢大人說的話，也要重視母親大人說的話，像現在這樣產生困惑時，就來找我或夕霧商量。

他說螢說的話、母親說的話，都不會錯。但是，也會有兩邊都對、兩邊都很重要，卻不得不選擇一邊的時候。所以，產生困惑時，最重要的是聽聽其他人的聲音。

冰知又補充說，首領不能只聽一個人說的話，但是，年幼的時遠還很難理解那句話的意思。

他只知道大家都很愛護自己。

他愛全鄉所有的人，包括母親、螢、親近的冰知和夕霧。

也喜歡昌浩、怪物和勾陣，很愛他們。他也知道他們很愛護自己。

而且，他也愛從未見過的父親。

如果沒有父親，時遠就不會出生，也不能把母親當成母親，更遇不到螢和冰知他們。

他吵著要聽父親的事，母親就會露出為難的神色，落寞地微微一笑說，因為跟你父親一起度過的時間太短，所以沒有事可以說給你聽。

是螢和冰知代替母親，說了很多父親的事給他聽。尤其是冰知，他從出生那一刻起就是父親的現影，所以關於父親有多好的事，他可以說個沒完。

有一次時遠說想見父親，冰知悲哀地說，等你哪天長大了，你父親可能會來你夢裡吧。

在夢裡就能見得到，像剛才跑出來的怪物那樣。

時遠突然停下了腳步。

對了，自己想見到的是父親時守。

怎麼會聽到螢在抽泣的聲音，又出現了白色怪物呢？

「姑姑……為什麼在哭呢？」

時遠從沒看姑姑哭過，螢卻一直在夢裡抽泣。

是不是有什麼非常悲傷的事呢？這麼一想，時遠也悲傷了起來。

就在這時候，不知何時聽過的話，在耳邊響起。

若會犯下不死就得不到救贖的罪行，那麼，

還不如在那之前就結束生命——

「姑姑……」

時遠倒吸一口氣。叫她，她說不定會聽見，說不定會發現自己。

「螢……」

「別叫了。」

突然從頭頂降下冰冷的聲音，時遠嚇得屏住了氣息。

「名字也是短的咒語，沒人教過你嗎？我的後裔。」

時遠怯怯地抬起頭，看到穿著黑僧衣的高個子男人，合抱雙臂，傲然佇立。

這裡應該沒有任何人，他是從哪兒冒出來的呢？

還不到肩膀的短髮參差不齊，有點長的瀏海蓋到細長的眼睛。俯視時遠的眼神犀利冷酷，又薄又漂亮的嘴唇不悅地緊閉著。

時遠眨眨眼睛，微微張開了嘴巴。

「難道……」

他聽螢、冰知、夕霧說過幾次。

關於活在很久以前的小野的祖先。他們說那個祖結束身為人的生命後，變成鬼在冥府工作，有時候心血來潮會出現在菅生鄉。

「你是……」

男人舉起一隻手制止時遠，稍稍皺起了眉頭。

「不要隨便叫名字，那也是最短、最強、最根深柢固的咒語之一。尤其是在這種地方，不知道有什麼東西正豎起耳朵在聽。」

時遠不由得用雙手摀住了嘴巴。

「用心聽好。言靈越強大，咒語越能發揮效力。我的後裔啊，你的言靈強大得驚人。」

男人用犀利的眼神告訴他，所以不要隨便說出口。

時遠摀著嘴巴，點頭如搗蒜。

儘管才四歲，但身為神祓眾的下一代首領，有螢等人的指導。

剛開始，他學的就是關於言靈和咒語。那些是在什麼都不懂的狀態下也能使用的東西，所以非常重要，必須當成事物的道理或這世上的哲理般謹慎處理。

「我的後裔啊，有個言靈跟名字一樣，像你這麼小的孩子也能輕易使用。」

「……？」

不知道冥官要說什麼的時遠，皺起眉頭，滿腦子疑問。

螢的抽泣聲在不知不覺中遠去，取而代之的是不斷席捲而來的波浪聲。

然後，那個美麗的歌聲高高低低迴響，夾雜在波浪聲中。

時遠無意識地滑動視線。

緩緩靠近的黑色波浪、帶著歌聲吹來的風，都很恐怖。

望著波浪間的時遠，突然屏住了氣息。不知道為什麼，他猛然打了個寒顫，把僵硬的腳往後退。

他不由得躲到冥官背後，抓住黑僧衣。男人只稍稍挑動了眉毛，什麼話也沒說。

「唱數字。」

時遠眨了眨眼睛。

現在聽見的聲音，正唱著數字。

「數數歌光唱就能除魔，或是施咒。大和的語言，擁有外國的語言沒有的力量。年幼的你，也會唱數數歌吧？」

不覺中，波浪聲逐漸遠去了。

他好奇地走到冥官前面，發現原本快逼近的水，已經退到很遠的地方。

「歌……」

那首歌也不知何時開始完全聽不見了。

他驚訝地回頭，看到那裡已經空無一人。

他走到剛才那個男人站的地方，環視周遭。

風傳來了抽泣聲。

——哥哥。

那個聲音太過悲傷，令人無比心痛。

——請在我殺了他之前，來把我帶走……

◇　◇　◇

4

時間往前回溯。

寬回到竹三条宮時的三更半夜。

藤花抱著嘴巴四周被染成鮮紅色、面如死人的脩子，在黑暗中發出了不尋常的叫喊聲。

跑過來的總管和侍女們點亮燈一看，都被那光景嚇得倒抽一口氣。

抱著脩子的藤花的慘叫聲，沒多久變成了尖叫聲。

總管和侍女們試著從藤花手中接過脩子，但是，陷入混亂的藤花一直抗拒，讓他們不知如何是好。

小妖們晚寃一步，正好在這個時候回來。

正要進主屋的小妖們，屏住了氣息，被難以置信的光景嚇得啞然無言，呆呆佇立。

藤花不停地尖叫。

誰、誰快去請昌浩來、快去請陰陽師來……！

聽到藤花的尖叫聲，獨角鬼第一個擺脫衝擊的咒縛，飛出宮奔向安倍宅院。

宮裡的人都驚慌失措。

正當每個人都在猶豫是不是應該先去請藥師的時候，寃飛到藤花的肩上，在她耳邊發出尖銳的叫聲。

藤花張大眼睛，把視線緩緩轉向寃。

「……寃……」

發出低喃的瞬間，淚水從藤花眼裡湧出來。

宮裡的人都知道，那隻烏鴉不知從何時住進了宮裡，成了脩子的寵物。

侍女們在藤花鬆手的瞬間，把脩子搶過來，抱到了床上。

總管逼近藤花問怎麼回事。

藤花好不容易才哭著回答，說脩子咳得很厲害又吐血，就暈過去了。
總管臉色發白。那樣的描述，酷似他聽說的皇上的病狀。不明原因的病魔，也把魔手伸向了脩子。
臉色發白的總管，在安排藥師的同時，也命令侍從派使者去安倍家。
嵬目不轉睛地盯著侍女們換掉脩子被血弄髒的衣服，再幫她擦乾淨沾到臉上、脖子上的血。
魂魄快要從脩子的宿體慢慢脫離了。
無論如何都要防止脫離。
脩子若有什麼不測，風音會傷心。不但會傷心，還可能會責備自己緊要關頭沒陪在她身邊。
嵬不想讓心愛的公主受折磨。
脩子的氣息越來越微弱。仔細聽，可以聽見心跳聲一次比一次虛弱。
這時候，嵬聽到了一個聲音。
《嵬……》
烏鴉轉動脖子。

是不在這裡的風音的聲音。

忽然，它發現綁在背後的替身不見了。

嵬大驚失色，心想不會吧。

傳來氣息。

回過頭的嵬，看到風音在屏風後面的身影。

『公主，妳太胡來了……！』

風音對拍振翅膀的嵬，平靜地微微一笑。

這不是風音本人，是她的魂依附在晴明做的替身上。

可能是她在睡眠深處，聽見小妖來通報晴明的聲音，於是使盡了最後的力量來救脩子。

風音依附在替身上的身影，一般人的眼睛看不見。唯一的例外是，具有強大靈視能力的藤花的眼睛。

風音從啞然失言的藤花旁邊走過去，爬到床上，把手貼放在脩子的臉頰上。

『……』

然後，面色凝重地望向藤花。

藤花怕被總管等人發現，只動了動嘴唇。
──吐血時也吐出了白色蝴蝶。
『是魂虫……』
──菖蒲帶著那隻蝴蝶消失了。
風音瞠目結舌。
菖蒲是侍女菖蒲嗎？
瞬間，不知從哪傳來劇烈的轟隆雷鳴。
風音和嵬都清楚聽見，雷鳴中夾雜著女人的大笑聲。
《懊惱吧？很懊惱吧？道反的公主啊。》
一直被稱為菖蒲的女人的聲音，與高舉著白色蝴蝶炫耀的絕世美貌，同時閃過腦海。
《讓妳知道明明就在身邊卻沒看出來的自己有多無能。》

整片視野都是烏漆抹黑的黑暗。

只有佇立的纖瘦軀體、響徹黑暗的美麗歌聲。

女人從頭上披下破破爛爛的外衣，身穿被稱為神話時代的古老、古老時代的衣服。

披著的外衣和從外衣露出來的長髮，都被冰冷的黃泉之風吹得高高飛揚。

《像妳這樣的小女生，再怎麼自命不凡，也阻撓不了我們的策略，甚至連看都看不透。》

奇形怪狀的一群可怕的東西，包圍了四周。

瘋狂似的哈哈大笑聲，隨風吹來，穿進了腦裡。

《我太開心啦，道反的公主。妳也太笨了，笨到讓我更憐惜妳了——》

不屬於這世間的妖豔美貌女，帶領著一群異形，那些都是……

黃泉的鬼。

風音愕然失色。

『菖蒲……難道妳是……』

智鋪的——鋪路的部屬？

『……妳……』

不寒而慄地低喃時，颳起了風。

風音知道，這是黃泉之風。

黃泉之風讓她看見在這裡發生過的事、讓她看見發生過什麼事。

這是在向無能為力的風音炫耀。

畫面裡有吐出血和白色蝴蝶後昏倒的脩子，以及聲音像一直跟大家生活在一起的侍女，外貌卻完全不同的女人。

美得令人害怕的女人，撿起白色蝴蝶，消失了蹤影——。

風音終於明白了。

明白為什麼會有陰氣流入宮內。明白無論自己如何防禦、祓除，污穢還是會在不覺中潛入的理由。

因為智鋪的人、鋪路的人，都已經潛伏在這麼近的地方了。

以前，曾經發生過精神錯亂的命婦勒住藤花脖子的事。那時候，命婦被超乎異常的瘋狂掌控，以兇神惡煞的模樣攻擊藤花行兇。

現在也是，命婦和宮裡的人都因為不停的咳嗽和發燒，無法起床。

從皇上到寢宮的侍女，也都出現了同樣的現象。

寢宮有重重包圍的結界和陰陽師們的守護，卻充斥著那麼濃厚的陰氣，難道是智鋪的嘍囉已經把魔手伸向了皇上？

這個竹三条宮，一定是好幾年前就有鋪路的部屬潛入，縝密地布下了天羅地網。

風音掩住了臉。

明明就在這麼近的地方。明明就是每天見面，聊著無關緊要的事。

是有覺得哪裡不對勁，但是，哪想得到眼前這個女人會是禍首之一。

『不……不對。』

風音甩甩頭。

應該有好幾次可以察覺的機會。

只是太過自信，認為唯獨這裡絕對不會出問題。

不但有自己嚴密的監控，晴明也會偶爾過來，細心留意有沒有反常之處、有沒有異狀。

曾經響過的警鐘，一定是被那樣的大意掩蓋了。

而那個女人，就在附近看著這一切。

邊在內心嘲笑拚命行動的風音，邊一點一點穩健地謀劃。

風音知道那個女人是什麼來歷。

她咬住嘴唇，低聲嘟囔：

『妳是黃泉醜女……是泉津日狹女吧……！』

黃泉醜女是死亡污穢所呈現的實體。

在《古事記》裡記載為黃泉醜女，在《日本書紀》裡記載為泉津醜女。人數記載為八人，但是，八是代表多到數不清的意思。

這麼說也有道理。黃泉是死者的國度，原本就不存在死亡的污穢之外的任何東西。

泉津醜女的其中一人，名為泉津日狹女。
日狹女就是把「日」縮小的女人。
日如字面意思，是「日」、是「太陽」，也是同樣言靈的「火」。
而且，是「靈」也是「光」。
亦是天照大御神等神明本身。
甚至是與天照後裔的皇家血脈相連的所有人。
她是把「日」縮小——折磨「日」的女人。
風音掩住了臉。
心想還有誰比她更適合用來折磨皇上、逼迫脩子呢？
『公主殿下……對不起……』
自己說要保護公主，卻沒有察覺。
陪同入宮後，跟命婦一樣身體不舒服，為咳嗽、發燒所苦的菖蒲，其實並沒有那樣。她藉由入宮，把那股淒厲的陰氣、等同於污穢的東西，全都留在宮裡了。
風音知道自己絕非萬能，她自認非常明白這一點。然而，無論她如何小心、如何使盡全部力量，還是有看不到的地方、還是有注意不到的地方。

但是，也不必在這種時候讓自己體悟到這種事吧——？
風音顫抖著握起的拳頭，在內心深處吶喊。
彩輝、彩輝，求求你給我力量。
『我要把公主殿下的魂留在這個宿體裡——』
嵬倒吸一口氣。
『公主！』
風音瞥嵬一眼，又接著說：
『幫我轉告晴明大人，把被帶去某處的魂虫找出來，放回公主殿下的宿體。』
『不可以，公主！這麼做，公主的性命會……！』
脩子的魂虫連在哪裡都不知道。在那個魂虫回來之前，風音要用自己的魂來替代脩子的魂線。
風音搖搖頭，回眸看著藤花。
『藤花大人，這段時間拜託妳照顧公主殿下了。』
說完這句話，風音的身影就不見了，用白紙做成的替身飄然飛舞。
「啊……」

在藤花剎那間伸出去的手到達之前，替身就化成灰消失了。

快到寅時了。

「好慢。」

「那傢伙在幹嘛啊。」

在竹三条宮的屋頂上等得心急如焚的小妖們，看到牛車靠近便大叫：

「啊，來了！」

那是晴明搭的車。

光獨角鬼去通知，晴明不會採取行動，這是現實問題。因為突然去內親王的宮殿，不會獲准進入。

那麼，該怎麼辦呢？當獨角鬼發出這樣的慘叫聲時，有人來敲安倍宅院的門，是竹三条宮派來的使者。

獨角鬼鬆口氣對晴明說，我先回去你要趕快來，就離開了安倍宅院。

從竹三条宮來安倍宅院的使者，聽說內親王的陰陽師安倍昌浩不在家，急得面無血色。

晴明說會代替昌浩前往，但總不能讓他在這種時間走路去。大家都知道，晴明的身體還沒有痊癒，萬一走到一半走不動了，根本救不了內親王。

使者請晴明先作好準備等他回來，再匆忙趕回竹三条宮，準備了一輛牛車來接晴明。

那輛牛車現在終於到達竹三条宮了。

先回來的獨角鬼等焦急的小妖們，怒氣沖沖地唸個不停。

「平時不是都搭式神的風，飛一下就到了嗎？」

「式神們怎麼偏偏這時候不在呢。」

「這種緊要關頭在幹什麼啊。」

其實它們也知道，式神們都有各自的任務，所以現在不在晴明身旁。

雖然不清楚詳情，但一直以來都是這樣，所以，這次一定也是這樣。

儘管如此，還是覺得懊惱。

原本還吹噓有它們幾個在，絕對沒問題，結果搞得如此狼狽。

小妖們從屋頂跳下來，往主屋的梁木移動。

脩子躺在床上，嵬陪在旁邊。

「喂，烏鴉，晴明來了！」

「可以放心啦！」

「晴明一定會有辦法！」

聽到小妖們從床帳上面傳來的聲音，嵬默默喘了一口氣。

脩子現在奄奄一息，是風音的力量維繫著快要脫離的魂魄，才能勉強保住性命。

嵬已經察覺，邪惡的東西開始聚集在竹三条宮四周，它們正等著脩子的魂魄飄離宿體。

皇族的魂，尤其是小孩子的魂，對妖怪來說是非常珍貴的頂極獵物。平時有陰陽師保護，無法下手，現在可以趁魂脫離宿體時，把魂搶走。

脩子的魂是天照的分身魂，妖怪吃了她的魂，會妖力大增。

嵬稍稍滑動視線。

看到在床邊深受打擊的藤花，虛弱地垂著頭。

她的衣服被脩子吐的血沾得到處都是紅黑色。

從脩子倒下的半夜起，藤花就沒有離開過那個地方一步。

忽然，遠處響起了雷鳴。

◇　◇　◇

「……」

醒來的小野時遠，慌慌張張跑出房間。

時遠的房間在神祓眾菅生鄉的首領宅院的一隅。

從三歲起，時遠就一個人睡在這個房間。

他不討厭這樣，只是有時候覺得一個人睡有點寂寞。以前白色怪物會陪他解解悶，但現在也沒有了。

不知道什麼時候會發生什麼事，所以，睡覺、起床都是自己來。

感覺今天作夢的時間比平時長。是否真是這樣，他不知道，但醒來的時間的確比平時晚。

「會被姑姑罵。」
被螢罵，他不怕，但會難過。
響起轟隆轟隆聲，是雷。
他看到遠方天空微微閃過一道白光。
天應該已經亮了，被黑雲覆蓋的天空卻是微暗的。
看到出來外廊望著天空的背影，時遠出聲叫喚：
「夕霧。」
白髮的現影回過頭，把紅色眼眸望向時遠。
「要下雨了嗎？」
「不會，風是乾的……好奇怪的雷。」
劃過雲間的閃光，不時會變成紅色。
這時吹來一陣風。
眨著眼睛的時遠，聽到夕霧的喃喃自語。
「是神將太陰的風啊。」
他抬起頭，就看到夕霧微微張大眼睛，轉身要去螢的居室。

「夕霧？」

「昌浩他們快來了。」

時遠瞪大了眼睛。

「冰知呢？冰知也一起嗎？」

「應該是。」

時遠的臉瞬間亮了起來，夕霧摸摸他的頭就走了。

時遠徹底放心了。

「找到冰知了，太好了。」

昌浩遵守了約定。

這時候，更強烈的雷鳴轟隆作響。

疾馳的閃光紅得像血。

夕霧瞪大眼睛，注視著這個異樣的光景。

時遠屏住了氣息。

冥官說的話在耳邊迴響。

——年幼的你也會唱數數歌吧？

沒錯，以前螢教過他。

冥官為什麼要對自己說那種話呢？

怎麼想都想不出答案。

雲隨風飄來，雷鳴慢慢靠近菅生鄉。

劇烈的聲響，把時遠嚇得肩膀顫抖。

紅色閃電在烏雲密布的天空四處亂竄。

昌浩他們正在這樣的天空裡移動。

「不會有事吧……」

雷鳴掩蓋了低語聲。

時遠的腳不自覺地退後了幾步。

天氣不好打雷，不是什麼稀奇的事。對這個鄉里的人來說，雷是天滿大自在天神的象徵，既親近又可靠，有時候他們也會借用神的力量發出雷擊。

但是，怎麼會呢？

怎麼會有紅色閃電和雷鳴特別恐怖的感覺呢？

總覺得那道雷好像會帶來可怕的東西。

注視著天空呆呆佇立的時遠背後，響起了溫柔的聲音。

「怎麼了？時遠。」

小孩吃驚地回過頭。

「姑姑。」

跟夕霧一起從裡面走出來的螢，以柔和的眼神對著外甥微笑。

她把手搭在時遠肩上，仰望天空說：

「雷的顏色好奇怪啊……」

如敲打岩石般的聲音轟隆作響，螢抬頭看著夕霧說：

「昌浩他們是搭太陰的風來吧？不會有事吧？」

瞬間，淒厲的強風降落宅院。

「……！」

夕霧撐住被風吹得站不穩的螢和時遠。

看到降落在院子裡的人影，時遠大叫起來。

「冰知！」

扶著虛弱無力的冰知的昌浩和比古，看到螢他們，都鬆了一口氣。

夕霧從外廊跑下院子，伸出了手。就在他抓住冰知的手的同時，昌浩跪坐下來，比古也當場蹲坐下來。

螢衝過來，發現比古的衣服溼透了，到處都是紅黑色污漬。比古從衣服下面拉出用來吸血的符，都已經失效了。

「不好意思，幫我換新的，拜託了。」

比古說完這句話就往後倒了。

跪坐著氣喘吁吁的昌浩，看到滿臉擔心的時遠，勉強露出了笑容。

「我回來了，時遠。」

時遠似乎稍微放心了，點點頭，跟在被夕霧撐著拖走的冰知後面離開了。

「你等等，我去幫你準備房間。」

螢說完就要折回外廊，昌浩對她點點頭，吐口大氣，把肺都吐空了。

◆ ◆ ◆

神祓眾們的墓地，在離鄉里稍遠的地方。

四周樹木環繞，讓死者們得以安息。

察覺到異狀的山鳥，從那些樹木上倏地飛走了。

起風了。

雷鳴震響，紅色閃光撕裂天空。

刺眼的閃光把一個身影帶到了墳墓上。

每每雷鳴作響，烏雲密布的天空就越來越昏暗。

颳起咆哮般的狂風。

沒多久，傳來晦暗沉重的聲音。

「……晃啊晃……搖啊搖……」

那個聲音與震耳欲聾的轟隆聲交雜，不斷陰沉地響著。

「搖啊搖……晃啊晃……」

一次又一次重複的話，隨風擴散，無遠弗屆。

在雷擊狂亂的天空下不斷重複的話，宛如唱著歌。

忽然，降下如黑夜般的黑暗。

雷震盪空氣、撕裂風，刺穿地面。被刨起的地面，揚起沙土，從被深深鑿穿的洞底，吹來了不屬於這世間的風。

然後。

「……晃啊晃……搖啊搖……晃啊晃……」

好幾個黑影慢慢從黑漆漆的洞底爬出來了。

◆　◆　◆

淒厲的轟隆聲敲打著耳朵，昌浩猛然張開眼睛。

是哪裡在打雷嗎？可以感覺傳來的震動使整座宅院都搖晃了。

「好強啊……」

昌浩喃喃低語，使勁地爬起來。

到菅生鄉後，經過了多久呢？

室內微暗。雷鳴還持續著，所以應該沒經過多久。

劈哩啪啦作響，彷彿要撕裂天空般的聲音，快把耳朵震聾了。

菅生鄉在山裡，比平地更接近天空，所以打雷會更劇烈。

以前螢說過，在打雷時作的夢會實現。

雷是神的聲音，因為神來了，所以全心祈禱就有可能實現。

螢是這麼說的。

昌浩想起她說的話，莞爾一笑。

聽完她說的話後，在這個鄉里修行期間，每次打雷昌浩都會祈禱。

祈禱修行會輕鬆一點。

「可是，都沒實現呢……」

夕霧、冰知、長老們都毫不留情，他再怎麼祈禱都沒有用。

後來小怪對他說，變強是你最大的願望，能實現這個願望不是很好嗎？

說得沒錯，但是，有時候修行真的很痛苦，他只是希望他們偶爾能對自己寬容一點，非常偶爾就好。

「誰……？」

木門前有道氣息。

「是我。」

反射性採取戒備的昌浩，聽到那個聲音鬆了一口氣。

他試著站起來，發現還有點頭暈，就爬過去打開了木門。
全身纏繞著布的灰黑狼坐在外廊上。
「多由良，你可以起來了嗎？」
灰黑狼細瞇起眼睛。它的左眼受傷了，是閉著的。
看起來比以前好多了。可能是夕霧或螢，也可能是其他某人，對它施加了治癒的法術。
昌浩看過類似的傷口，那是被虫咬的痕跡。
除此之外，全身也有很多傷痕，全都是被智鋪的祭司襲擊時受的傷。
灰黑狼欲言又止地盯著昌浩。
「比古呢？」
昌浩問，多由良轉頭說：
「在那個房間睡覺，被符封住的傷口又裂開，流了很多血，被吩咐要暫時安靜休息。」
「安靜休息就會好了嗎？太好了。」
聽到昌浩用強裝出來的開朗聲音這麼說，多由良點點頭，臉朝下說：

「你在阿波見到他了？」
多由良沒說見到誰，但不說也知道。
昌浩默默點頭，然後思考著措辭說：
「他被當成了容器……智鋪真的很殘忍。」
狼無力地垂下頭。
「我沒關係。只是嚇一大跳，有點……呃，雖然很痛，但是，比古能獲救就好了。」
昌浩垂下視線，看著自己的手。
在盛怒下揮出的雷擊，把智鋪的祭司彈飛出去了，沒有留下任何痕跡。
被當成容器使用的真鐵的軀體，承受雷的威力，恐怕已經粉碎了。
實話實說的昌浩，向狼低頭致歉。
「對不起……都是我的錯……不能……還給你了。」
原本要說不能把軀體還給你了，但臨時嚥了下去。
三年前在奧出雲與大蛇一決勝負時，比古和多由良都說沒看到真鐵的遺體，應該是被土石流淹沒，失去了蹤影。

所以，他們在心中某處，都還抱持著某種可能性的希望。

昌浩閉上了眼睛。

智鋪可能是在土石流中找到了真鐵的遺體，然後把遺體當成依附體，用來替代智鋪的宗主，自稱為祭司。

在從阿波去菅生的途中，昌浩聽比古說，那個人可能就是竊取了真赭的身體的人。比古還說，灰白與灰黑的雙胞胎狼的母親，一定是在很久很久以前就被殺了。

「要是你替我報了仇，我還要謝謝你呢。」

多由良看著昌浩的右眼，顯得非常悲傷。

◆◆◆

5

內親王脩子緩緩抬起沉重的眼皮。

精神恍惚地看著搭在床上方的透明紙糊床頂。

有種奇妙的飄飄然的感覺。

整個世界都很沒有安全感。

自己是身在何處？究竟自己是否真是自己認識的自己呢？

總覺得類似這種難以捉摸的不安，從身體深處不斷蔓延開來，堵住了胸口。

「……我……」

沙啞的聲音從乾燥的嘴唇溢出來。

被床帳遮住的地方，有誰在動的氣息。

放下來的床帳被掀起來，一個身影映入了眼簾。

脩子的眼皮顫動起來。

「晴明……」

比記憶中更消瘦的布滿皺紋的臉，把眼睛瞇得像條線，露出沉穩的笑容。

「是的，我是晴明喔，公主殿下。」

脩子把嘴唇扭成像笑的形狀。

「我……可以……去……母親……那裡了……吧……？」

聽到脩子虛弱地說出來的話，晴明愁著眉，搖搖頭說：

「不，公主殿下，妳必須繼承母親的遺志，跟弟弟皇子殿下、妹妹公主殿下一起扶持父皇。」

「我……可以……嗎……」

我現在已經這麼難受了啊。

頭腦發熱，意識模糊。

脩子拚命移動視線。

雖然隔著床帳看不見，但脩子知道她一定在附近。

「……晴……明……」

「是。」

脩子用沙啞的聲音拚命呼喊，所以老人把耳朵湊近她的嘴巴。

「……我要……拜託你……一件事……」

「只要是我晴明做得到的事，一定盡力去做。」

脩子對著晴明，稍稍移動了視線。平時侍女藤花值班時，都會端坐在脩子正在看的地方。

晴明清楚察覺脩子在找誰。

「她在，要不要叫她？」

脩子輕輕搖頭，嘴唇顫動起來。

「……藤……花……的……」

「是。」

呢喃聲漸漸變小。她使盡了所有力氣，聲音還是越來越出不來。

「……侍女室……有……布料……」

「布料？」

脩子對疑惑的晴明微微點頭說：

「……給你……做了一件……還有一件……」
好難受、好難受，連眼睛都張不開了。
「……是……做給……昌……浩……的……」
「……」
晴明倒抽一口氣。
以前藤花曾經送衣服給他，那是她全心全意一針一線縫製的。
穿起來很舒服、久穿也不會累的那件衣服，是藤花的心意。
脩子說還有其他布料做的衣服在侍女室，那是做給昌浩的。
晴明驚訝地注視著脩子的眼睛。
還不到十歲的公主，比同年齡的孩子都聰慧、敏銳。
脩子微微張開眼睛。
「……我的……裳著……儀式……」
「是。」
「由……你……決定……時間……」
晴明默然點頭。

「……裳著……結束……後……」

被眼皮半遮住的脩子的眼眸淚水汪汪。

「就……不……需要……藤花……了……」

雖然極度衰弱，眼眸卻沒有失去光輝的脩子，用沙啞的聲音命令微微張大眼睛的老人。

「把……她……帶回……去……」

話就說到此為止了。

嘴唇還在動，但聲音已經不成聲音了。

「……」

然而，晴明還是看得出來她要說什麼。

——帶藤花回去，願她與昌浩情如比翼鳥。

「……——」

脩子闔上了眼皮。

晴明慌忙把手伸到她嘴巴上。

還有一絲氣息，但已經面如屍蠟，不斷在流失生氣。

聽說脩子吐出的白蝴蝶，被一個自稱菖蒲的人劫走了。
據嵬說，那個菖蒲的真面目是黃泉醜女，名叫泉津日狹女。
既然風音如此斷言，應該不會錯。
「竟然是智鋪……」
對了，自己在六十年前和不久的四年前，不是與那些人對峙過嗎？
藏在道反聖域深處的千引磐，是道反大神的神體，自己不是知道智鋪為什麼要打開那個磐石嗎？
是為了打開黃泉之門。打開門，把黃泉軍隊解放到人間。
智鋪是崇拜道敷的人。道敷大神現在也還在千引磐後面的黃泉那邊，等待機會來到人間。
在更後面的是黃泉津大神。
終於連結起來了，找到了根源，一切都是……
「……詛咒……」
到目前為止發生的一切，開端都在於遙遠古代首次下的詛咒。
晴明想起來了。

想起這幾年間，孩子漸漸生不下來的事。

有徵兆、有懷孕，卻生不下來。生下來也沒多久就死了，而且是母親也一起死去。

受皇帝寵愛的女官御匣殿就是這樣，藤原行成的夫人也亡故了。

還可以找出其他例子。

忽然，晴明不寒而慄。

孫子成親的夫人，不是也懷孕了嗎？

現在怎麼樣了？是不是平安無事呢？必須確認才行。

嵬從床帳縫隙溜進來了。

『安倍晴明，你去找魂虫，帶回來這裡。我會陪著內親王。』

這隻烏鴉的確很擔心內親王脩子，但是，晴明知道它更在意風音的安危。

點個頭離開床邊的晴明，在藤花身旁跪下來。藤花仍穿著被血弄髒的衣服，悲傷地垂著頭。

「藤花大人。」

晴明輕聲呼喚。

藤花緩緩抬起頭，臉上有淚痕。

那眼神令人心痛，似乎想抓住什麼，晴明溫柔地對她說：

「妳先去休息一下，公主殿下有我晴明陪著，嵬也在，所以不用擔心。」

但是，藤花一直搖頭。

「不……我是……公主殿下的……」

再也說不下去的藤花，雙眼撲簌撲簌滴下了大顆淚珠。

不知道是不是腦中閃過了脩子倒下去時的光景，藤花劇烈顫抖著肩膀，用手掩住了臉。指尖、嘴唇也都抖得厲害，邊喘氣似地呼吸邊不斷掉淚。

她無法控制感情了。

「去睡覺。妳必須睡覺，平復心情，否則會倒下去，這樣公主殿下會擔心妳喔。」

晴明刻意提起脩子的名字，藤花屏住氣息，眨了眨眼睛。

「我……知道了……」

好不容易回應的藤花，想站起來，僵硬的身體卻動不了，搖晃了一下。

待在梁木上的小妖們，立刻跳下來，三隻一起撐住藤花的腳。

「振作點呀，藤花。」

「我們會扶著妳。」

「放心，在侍女室我們也會陪著妳。」

猿鬼和龍鬼陪著藤花走了，獨角鬼留在晴明身旁。

晴明露出了疑惑的表情，獨角鬼挺起胸膛說：

「公主若有什麼萬一，我要立刻去通知藤花啊。」

然後，小妖又一臉嚴肅地看著晴明說：

「公主發現藤花與昌浩的事啦。」

老人回應說好像是，小妖露出了深思的眼神。

「不只這樣，她還讓那個左大臣閉嘴了。」

「什麼？」

看到晴明那麼訝異，獨角鬼得意地笑了。

「聽好喔，晴明，公主很厲害呢。」

它描述在竹三条宮發生了什麼事、左大臣藤原道長企圖做什麼、脩子知道他的企圖後採取了什麼行動、說了什麼話。

當時，小妖們還不知道脩子已經發現了。

是剛才聽到脩子在床上對晴明說的話，它們才知道。

難怪脩子當時會說那種話，讓道長閉嘴。

她說藤花的結婚對象由她決定。她也說話算話，作了決定，要把藤花嫁給昌浩。

「所以，」獨角鬼雙手緊緊交握，說：「昌浩不必有顧慮了，管它身分、地位，什麼都不用想了。藤花可以回安倍宅院，再跟大家一起生活了。」

晴明默默看著眼睛閃閃發亮的獨角鬼，強忍著什麼似地顫抖著嘴唇。

「原來……公主殿下……這麼為她……著想……」

沒辦法往下說的晴明，低下頭，表情沉痛。

獨角鬼悲從中來，把嘴巴抿成了ㄟ字形。

對了，那麼說的公主，因為太喜歡藤花，所以願意放手讓藤花得到幸福。

但是，現在公主若有什麼萬一，就沒有人能阻止左大臣了。

沒有公主的協助，剛剛燃起的希望之火又會熄滅。

「……唔唔唔……」

獨角鬼從強抿住的嘴唇發出呻吟聲，晴明摸著它的頭說沒事沒事。

從小妖用力閉起的雙眼，滴下了一滴眼淚。

扶著高欄、牆壁，搖搖晃晃回到侍女室的藤花，才剛脫下弄髒的裝束，就無力地癱坐下來了。

龍鬼把弄髒的裝束推到侍女室的角落，猿鬼把摺好放在圓竹籃裡的新衣服拿過來。

猿鬼要從肩膀幫藤花穿上衣服時，藤花搖著頭拒絕了，只穿著單衣和褲裙就在墊褥上躺下來了。

臉色蒼白的藤花深深吐出一口氣後，表情開始痛苦地扭曲起來。

那樣子不太對勁。

「藤花，妳怎麼了？」

龍鬼和猿鬼湊近看藤花的臉，藤花斷斷續續地回答：

「頭……好痛……」

痛到快裂開了。不只這樣，還有寒氣從腰部附近爬上來，頸子冷得發顫。

兩隻小妖面面相覷。

對了，小妖們想起回到抱著昏倒的脩子的藤花身旁時，覺得特別冷。

可能是那時候感冒了。

「藤花，快暖暖身子。」

「最好多蓋點。」

龍鬼打開唐櫃，從裡面拉出衣服。猿鬼移動屏風，擋住了風。

確定閉著眼睛的藤花睡著了，兩隻小妖才虛脫地垂下肩膀。

風音在的話，就可以拜託她提水來，把手巾沾水擰乾，放在額頭上降溫。現在沒有任何人能看見它們、聽見它們的聲音、回應它們的要求。

水桶應該收在倉庫某個地方，手巾也可以借用藤花的。

「好，我去汲水，你……」

龍鬼打斷猿鬼的話，說：

「我要去貴船。」

猿鬼瞪大了眼睛。

「蛤？這種時候你去做什麼？」

龍鬼向驚慌失措的同伴解釋：

「現在晴明的式神都很虛弱，晴明也是。他們再厲害，現在的處境也有點嚴峻。」

「被你這麼一說，的確是……」

猿鬼深深點頭，同意龍鬼說的話。

「對吧？所以，我想去拜託貴船祭神，能不能設法替他們做些什麼。」

要替他們做什麼，龍鬼自己也不清楚。但是，小妖的本能告訴它，不能再這樣什麼也不做。

小妖們是妖，對身為妖的它們來說，現在發生的事也很可怕、很討厭。

總覺得這樣下去，會演變成很可怕的事。

「晴明一定也很希望式神們都能振奮起來。光是有式神在，就會覺得自己變強了。」

即使有十二神將在，小妖們也不會變強。但是，敢肆無忌憚地說晴明是自己同類的它們，自認為同類的式神是自己的夥伴。

有偶爾的極少次差點被殺了，它們也認為那是不明事理的式神，沒想清楚後果就動手了，哪天非向晴明告狀不可。

「藤花就拜託你了。」

「知道了，交給我吧。」

猿鬼正經八百地回應，龍鬼對它點點頭，抽出以前晴明給的辟祓除，英氣風發地衝出去了。

留下來的猿鬼，面向北方，啪啪拍手。

拍手拜神這種事，小妖也是會的。

「拜託爾了，貴船祭神，設法幫他們做些什麼吧。」

從來沒有這樣全力祈禱過的猿鬼，聽見微弱的聲音。

「猿鬼……」

猿鬼張大眼睛，奔向墊褥。

「怎麼了？我用水桶提水來，幫妳降溫。」

昏沉的藤花緩緩搖著頭。

猿鬼疑惑地歪著頭，藤花把手伸進單衣的接縫裡，抽出了什麼東西。

那是紅瑪瑙勾玉。

「把這個……拿給……公主殿下……」

猿鬼驚訝地瞪大眼睛，看著把勾玉放在掌心上遞出來的藤花。

「咦，可是，這是妳的……」

這是很重要的東西，沒有了這東西，藤花會很慘。

但是，藤花搖著頭說：

「沒關係，拿去……希望能救公主殿下……」

猿鬼拗不過固執己見的藤花，勉強接過勾玉。

「我拿去給晴明，馬上就回來，妳等我。」

猿鬼囑咐她乖乖睡覺後，趴躂趴躂跑走了。

藤花喘口氣，閉上眼睛。

頭痛欲裂，發燒了。

「……唔！」

忽然，喉嚨發出聲響，開始發作性的咳嗽，止都止不住。

把身體彎成ㄑ字形，試著熬過這波咳嗽的藤花，氣喘吁吁地按住胸口。

「只有……現在……」

她靠使不上力的手勉強爬起來，把收藏起來的瑪瑙手環拿出來。

「……」

嘴唇動了起來，說的是名字。

把手環握在手中，回到墊褥上後，她喘了口大氣。

忽然，一個情景掠過腦海。

那是在賀茂的齋院。自己和脩子被妖怪襲擊，在危險關頭趕來的人，就是剛從播磨回來的昌浩。

「……」

藤花輕輕笑起來。

那時候，伸出去的手差點就摸到了昌浩，正好小妖們進來，就沒摸到了。

那之後，跟昌浩連指頭、手都沒碰過。在伊勢分開的時候，是最後一次。

他們都已經長大了，不能再像小時候那樣隨便牽手了、不能再肩並肩一起說說笑笑了，也不能再聊天聊到忘記時間了。

但是，或許可以再作一次夢吧。

啊，睡意的波浪漸漸吞沒了意識。

睡著了，是不是能夢見未來呢？某天作的那個夢，是否有實現的時候呢？

藤花蜷縮起來，把手環抱在懷裡。

在睡意的晦暗快要完全吞沒意識前，藤花的耳朵捕捉到微弱的聲音。

從遙遠的某處悄悄潛入，撫摸著耳朵的那個聲音，非常清澈、非常美麗、非常恐怖。

《一……二……三……》

那是歌聲。

◆ ◆ ◆

山路上有輛牛車嘎啦嘎啦奔馳。

是牛車，但沒有牛牽著車。那是輪子中央飄浮著大鬼臉的妖車。

「快呀，車！」

抓住高欄以免被拋出車外的龍鬼一聲令下，車之輔更加快了速度。

『請抓緊喔，龍鬼大人！』

「喔！」

龍鬼一出竹三条宮，就遇見了車之輔。

什麼話都沒說就跳上車的龍鬼，大叫著要去貴船。車之輔從它的模樣，猜到發生了什麼事，立刻全力奔向北方。

很久沒來的京城外，瀰漫著比想像中嚴重的污穢。

龍鬼環視周遭，表情變得嚴肅。

「哇……太糟糕了……」

沒想到樹木的枯萎也擴及到貴船神域了。

以前聽晴明說過，樹木也是氣的來源。

氣枯竭了，貴船的神也不可能沒事吧？

那個祭神究竟會不會聽小妖的請求呢？

『到了！』

聽到車之輔的聲音，龍鬼猛然回過神來。

車之輔在貴船正殿前緊急煞車。

被用力過猛的煞車拋飛出去的龍鬼，勉強降落地面。

「你在這裡等我。」

龍鬼丟下上下晃動車轅的妖車，踏入了貴船境內。

回想起來，這還是第一次獨自來這裡。

每次都有同伴陪同，也曾經跟陰陽師一起來過。因為跟他們在一起，所以從來沒有害怕過。這次一個人來，才知道自己來到了多可怕的地方。

貴船的祭神以人類的模樣坐在船形岩上。琉璃色的雙眸明亮透澈，看不見任何感情。

以冷冷的目光俯視闖入小妖的高龗神，威風凜凜地開口說：

「有什麼事？小妖。」

龍鬼鼓起所有的勇氣開口說：

「高、高龗神，我有個請求——……！」

沒想到小妖會說這種話的高龗神，微微挑起了柳眉。

6

蘊藏雷電的黑雲，遍布京城的天空。

先是閃光，隨後響起雷鳴。

十二神將天空坐在生人勿近的森林的岩石上，仰望著上空。

天空的眼睛是閉著的，閉著也看得見。

可怕的風在黑雲中捲起漩渦。

那是黃泉之風。不知從哪裡冒出來的黃泉之風，正從四方湧向京城。

豎起耳朵會聽見雷鳴中夾雜著其他聲響。

是歌聲，有個清澈的聲音高低起伏地唱著歌。

是美麗又令人戰慄的歌。

天空沒有親耳聽過，是從傳聞知道的。

聽說是帶領黃泉喪葬隊伍的女人，在哼唱可怕的數數歌。

沒辦法確認那個人是誰，但是，既然是跟黃泉相關的女人，應該是被稱為黃泉醜女的人吧。

天空那麼想。

與雷鳴交響的數數歌，一般人的耳朵恐怕聽不見。儘管聽不見，還是會傳入耳裡。在不知不覺中潛入內心深處的歌，很可能會慢慢污染心靈。

主人晴明一大早出門，到現在還沒回來。

出門前，晴明讓天空把怪物和勾陣抬到了生人勿近的森林。

風音躺在晴明的房間裡。繼續讓他們待在一起，失去意識的怪物和勾陣，會無意識地奪走風音的靈力。

勾陣躺在天空坐著的岩石前面。怪物原本是跟勾陣並排躺著，但不知何時被勾陣當成了枕頭。

「騰蛇居然允許她這麼做，她也太厲害了。」

天空這麼喃喃自語，打從心底感到佩服。

怪物本身可能不願意，但是，事實看起來就是這樣。

最強和第二強一直處於這種狀態，關鍵時刻會有麻煩，必須設法讓他們趕快復原。

天空的神氣甚大。雖不是戰力，但能布設最強結界的神氣，說不定能與勾陣和騰蛇匹敵。

他可以保留維持結界的神氣，把多餘的神氣分給兩人。但是，要把神氣分給無法控制意識的兩人，神氣很可能被無止境地搶走。

若要給其中一方，對天空本身來說，選擇勾陣的負擔會比較小。

只要勾陣復原了，即使在騰蛇痊癒之前發生什麼事，不嚴重的話應該都不會有問題。

安倍宅院的土地內，有結界守護，很安全。但是，跨出一步，情況就不一樣了。

陰氣不斷累積，形成污穢，沉滯在整個京城裡。

天空側耳傾聽。

混濁的咳嗽聲在京城此起彼落。京城裡的人們，身體不舒服，躺在床上咳嗽的模樣，掠過腦海。

還有小孩發燒、咳個不停、咳到滿臉通紅一直哭，母親拚命安撫的身影。以及照顧臥床不起的父母的女兒、去探視老祖父母的孫子們。

三条市有個市集，在那裡買賣的人也都在咳嗽。用布蒙著嘴巴做生意的人，搖搖晃晃沒站穩，弄翻了裝商品的籃子，邊拚命向受到驚嚇的客人道歉，邊把商品撿回來。

去市集的人也比平常少了許多。

大家都感受到無法形容的異狀，除非有無論如何都必須出門的事，否則大家都寧可窩在家裡。

關上門、拉下窗戶，屏住氣息不作聲。就在這樣的過程中，有人開始咳嗽了。鬱悶的氣氛讓咳嗽更嚴重，大家都不知道該如何是好。

貴族們的情況，也跟平民們差不多。

在宅院工作的雜役、侍女、下人們，有的發燒臥病在床、有的蹲下來不停喘大氣。

他們的主人貴族以及貴族的親人，也都在咳嗽、躺臥病床、等著藥師。因為到處都是病人，所以藥師片刻不得休息，自己也在咳嗽，卻還是要四處奔走，顧不了自己。

「……」

天空長嘆一聲。

身為神將的天空和同袍們，幸好不會染上人類那樣的病症。神將們不會因為咳嗽或發燒而倒下，只會因為神氣被祓除而倒下。

他跪在橫臥的勾陣旁邊，伸出手想移動被枕在頭下面的怪物。

「……唔……」

被當成枕頭的怪物忽然開始呻吟，緊閉的眼皮顫動起來，微微露出了夕陽色的眼眸。

天空用閉著的眼睛看著怪物，試著叫喚它。

「你醒了啊？騰蛇。」

怪物表情呆滯，恍惚了好一會。

然後，啪答甩動長尾巴。看到它懶得回答的樣子，天空苦笑起來。

等它醒了，就會靠自己的力量逃脫吧。

天空這麼想，騰空跳回岩石上。

先確認圍繞安倍宅院的結界有沒有異狀。

再仰望上空密布的黑雲，感覺漸漸變得更厚、更暗了。

◆ ◆ ◆

響起雷鳴。

從倉庫的窗戶看不見閃光。

「快下雨了吧？」

喃喃自語的敏次，把手上的碗拿到嘴邊，憋住了氣。

草藥味刺鼻。還冒著蒸汽的湯藥，散發著會令人無意識地蹙起眉頭的強烈味道。不小心吸進去，會被嗆到，痛苦很久。

他很想一口氣喝光，但是，這種藥最好一點一點含在嘴裡再喝下去。

喝第一口時，強烈的苦味會在嘴巴裡擴散開來，他也漸漸習慣了。然而，苦味並不會因為習慣而消失。不過，作好心理準備，會覺得稍微好一點。

「唔……」

典藥寮的人囑咐他要喝到一滴不剩，所以，敏次恪守囑咐，把藥喝光光。

喝下用來清口的水，才鬆了一口氣。

雖然在生死邊緣撿回一條命醒來了，但是，被囑咐還需要安靜休養。

又喝了一口水後，百無聊賴的敏次呆呆望著梁木和橫木。

寮官們都被工作追著跑，四處奔波。敏次倒下後，還要派兩個人守護倉庫的結界，導致所有工作都延宕了。

聽說陰陽部以外的幫手也盡力幫忙了，但是因人手徹底不足而造成的延宕，沒有那麼容易填補。

想必是大家平均分擔，完成比平時更多的工作。

敏次也想早點加入他們，同事們卻異口同聲說幫不上忙的人好好睡覺就好。

沒想到自己有一天也會變成幫不上忙的人。

人生真的不知道會發生什麼事。

「健康是我唯一的長處，我卻病倒了。」

以前剛出仕時，安倍昌浩曾經休息了將近一個月。現在回想起來，他本人應該也沒有那樣的預先計畫。

有很多事，要自己經歷過才會明白。他深深體會到，自己還有很多事不懂，太不成熟了。

滿腦子想著有的沒有的事，有點被自己的無能擊垮，深深嘆口氣時，有人敲了倉庫的門。

「是。」

他回應後，從敞開的木門露出安倍昌親的臉。

「嗨，感覺怎麼樣？」

大大敞開門進來的昌親，手上端著托盤，上面擺著有蓋子的碗和湯匙。

「是昌親大人啊。」

敏次反射性地要從墊褥爬起來，被昌親制止了。

「沒關係，躺著就好。」

「可、可是……」

在墊褥上撐起上半身坐著、把衣服披在肩上的模樣，太失禮了。

昌親把托盤放在墊褥旁，苦笑著說：

「真看不出你昨天之前還在生死邊緣徘徊。」

「是啊……」

敏次表情複雜地垂下視線。

「剛才典藥寮的人送藥粥來給我，你有食慾的話就吃吧。」

敏次接過托盤，擺在膝上，端起了碗。

然後，眨了眨眼睛。

「粥……？」

有很多切得很碎的藥草、藥石、滋養的野菜、果實泡在汁裡。

往碗裡看的昌親眨了眨眼睛說：

「看不見米粒呢……」

「就是啊……」

既然是粥，一定有米粒，但是，被藥材淹沒了，無法確認。這樣子，應該叫羹吧。

不過，第一次吃到這種混合這麼多東西，醞釀出獨特風味的羹。

「啊，這裡有一兩顆……像米粒的東西……」

有幾粒發脹的米，藏在切碎的藥草裡面湊數。

敏次誠心誠意地雙手合十說：

「我要開動了。」

「咦，你要吃嗎？」

昌親不禁叫出聲來，敏次滿臉疑惑地問：

「昌親大人不是說有食慾就吃嗎？」

「你沒食慾的話，可以不要吃啊。」

瞬間閃過昌親腦海的是「過猶不及」這句話。

總覺得這種滿滿是藥的粥，不對，是羹，反而對身體有害。

敏次搖搖頭說：

「不，這是典藥寮寮官們的真心誠意，我會感恩地品嘗。」

然後，過了兩刻鐘。

敏次邊憋著氣，邊努力咀嚼，把一整碗羹吃到一滴不剩。昌親把不知從哪帶來的竹筒的水，倒在容器裡遞給敏次。

「謝謝……」

因為差點死掉之外的原因而臉色發白的敏次，一口氣喝乾了水。留在嘴裡的澀味、苦味，總而言之就是特別難下嚥的味道，都被清爽的冷水沖刷乾淨了。

昌親又把水倒進空了的容器裡，笑著說：

「這是某個守門的衛士，騎馬去清水幫你汲來的水呢。」

「咦？」

看到驚訝的敏次，昌親笑得更開懷了。

「你每次工作結束離開時，都會跟他打招呼吧？他一直很擔心你呢。」

聽說敏次撿回了一條命，醒過來了，那個衛士把工作交接給輪班的人，就摸黑趕路往返清水，把那裡以靈驗聞名的清水帶回來，交給了陰陽寮的人。

「他是誰呢？」

昌親對傾身向前詢問的敏次搖搖頭，說：

「是我們的人收下來的，但是，請教他名字他也不肯說。」

那名天文生知道，經過門的時候有衛士在，但是，從來沒有一個個仔細看過他們的臉。他很抱歉地低下頭說：「所以，下次再見到應該也不認得。」

昌親把裡面還剩一點水的竹筒遞給敏次。

接過來的竹筒很輕，一搖晃就響起啪唦水聲。

份量大約容器的兩杯多。竟然只為了這麼一點水，拖著工作結束後的疲憊身軀，跑到離皇宮很遠的清水水場，再折回來。是敏次每天不自覺的習慣，讓一個不知名的人為他做了這件事。

由此可以看出藤原敏次這個男人的性格。

藥粥也是一樣。雖然味道不怎麼樣，但是，使用的材料都很昂貴。有典藥寮的藥草田栽種的特別藥草、陳列在倉庫深處不會隨便開啟的櫥子裡的秘藏藥石、很難取得的國外珍貴藥品等等。八成是跟敏次熟識的典藥寮寮官們，瞞著典藥頭收集起來，做成了羹。

再加入幾粒米。這樣被上級發現，也可以一口咬定是粥。

托盤裡擺著空碗和盛水容器。

敏次雙手抱著竹筒，一時說不出話來。

這間倉庫裡，也擺滿了痊癒的符和除魔的香。那些都不是原本就有的東西，是陰陽寮的寮官們為敏次準備的。

「我一直……在作很奇怪的夢。」
終於開口說話的敏次，把托盤移到墊褥旁邊，注視著昌親。
「我不知道那是哪裡，有很多……非常多的人，被關在狹窄的地方，有人嘆息、有人憤怒、有人害怕，也有人蹲著動也不動。」
感覺好像待在灰濛濛的黑暗裡。稍微往前進，就撞到牆壁被擋住了。不熱、不冷，但風完全靜止不動。
感覺被囚禁了。敏次不知道為什麼，但不知不覺中就待在那裡了。
「心想必須想辦法出去，也想不出辦法……」
就在這時候，黑暗突然裂開了。
他不知道裂開這個形容是否正確。
在那裡的人，拚命往四面八方逃竄。但是，不知道該往哪裡去，沒頭沒腦地亂跑。
「然後一個接一個消失不見，彷彿紛紛凋零飄落那樣。」
感覺是發生了什麼可怕的事。
這時候，敏次看到了光芒。

那個以為是光芒的東西，是綻放著什麼亮光的年輕人。

他不可能忘記那張充滿困惑的臉。

「令人惶恐的是，那竟然是皇上。皇上搖搖晃晃地徘徊……」

敏次看到腳步蹣跚的皇上前面有什麼東西，當直覺告訴他那東西很可怕、有危險時，他的腳已經動起來了。

「我不顧一切……大膽地用我的身體推開了皇上的龍體。」

皇上滿臉驚訝地看著突然撞過來的敏次。現在才想起與皇上視線交接的大不敬，敏次一陣哆嗦顫抖。

「因為是夢，我才動得了。要不然，一定惶恐到做不出那種事。」

敏次難為情地苦笑，細眯起眼睛，回想那個夢。

結果那個可怕的東西貫穿了他的身體。

那個瞬間，敏次心想：太好了。

太好了，沒有讓皇上遭遇這種事，真的太好了。

這麼痛苦、恐怖、彷彿一直被拖進漆黑的黑暗裡的感覺，幸好是自己代替皇上承受了。

「然後……我不知道那裡是哪裡，總之回過神來時，我就站在很暗……非常幽暗的地方。」

一個沒有一絲絲光亮的幽暗地方。聽不見任何聲音，到處都找不到有生命的東西的氣息，一直沉澱在那裡的冰冷空氣纏繞全身，讓人動彈不得。

「我拚命環視周遭，忽然……看見一個大磐石聳立在遙遠的彼方。」

明明是什麼都看不見的黑暗，說看見很奇怪，但敏次真的看見了。

他心想那是什麼呢？無法不在意那個聳立在遙遠地方的大磐石。

剛才宛如被吸住、被固定住般不能動的腳，可以毫不費力地往前走了。

不知何時，波浪捲到了腳下。

大磐石聳立在暗黑色的水的前方，從遠方傳來的像是歌聲的聲音，跟著波浪聲一起席捲而來。

波浪湧向敏次腳下。光著腳的趾尖被水沖濕，水冷得令他驚愕。

歌聲悄悄潛入耳裡，敏次步伐蹣跚地走向了波浪間。

剎那間，他彷彿聽見有人從遠方呼喚著自己。

從後面傳來一次又一次的呼喚聲。

——別走。

——振作點。

——醒醒啊。

——我會救你。

——不要認輸。

「……」

敏次閉起眼睛，開始回憶。

——起來啊。

——不行喔。

——把死亡的生命、把那個命運、

——與神替換。

當時敏次心想：啊，非回去不可。

有那樣呼喚我的聲音呢。

有人叫我不要走、有人為了我這麼拚命呢。

「於是，我想我即使會死，也不能這樣死去……啊，我這麼說，你也不懂我在說什麼吧，呃……」

敏次思索著正確的措辭，昌親瞇起眼睛甩甩頭說：

「不，我想我懂。」

「是嗎？」

鬆了一口氣的敏次，搔著太陽穴一帶接著說：

「然後，我張開眼睛，看到了陰陽頭、吉昌大人、昌親大人。」

於是敏次知道，自己從夢裡回來了。

那應該是不能去、不能跨越的境界。

如果從那個岸邊往前走，就會被囚禁，深深沉入水底，再也回不來了。

自己應該是把什麼當成了替代品，才能從那個岸邊醒來。

才能再活過來。

「我覺得一定是昌浩實踐了約定，」敏次笑著說：「但是，我完全無法想像他做了什麼、怎麼做的，所以想直接跟他談談。」

昌親用力點著頭說：

「是啊，我也是。」

那個弟弟已經遠遠超過了哥哥和自己。

「昌浩現在被祖父派去了阿波，應該過一陣子就會回來了。」

敏次眨了眨眼睛。

「阿波嗎？很遠的地方呢。」

然後，又忽然偏著頭說：

「對了，我以前想過要試著找出傳說在阿波某處的黃泉入口。」

位於出雲的是從黃泉出來的出口，那麼，入口在哪裡呢？

他很想知道，所以翻遍了古老文獻和書籍，最後查到好像在阿波某處。但是，到處都找不到那之外的紀錄，他只好放棄了。

那是剛進入陰陽寮的時候。

敏次在心底深處有那麼一點期待，說不定去那裡可以見到哥哥，但這是他從來沒有告訴過任何人的秘密。

「啊，說不定我夢裡那個大磐石就是黃泉的入口呢。」

被語帶玩笑的敏次嚇出一身冷汗的昌親也笑著說：

「你作了很厲害的夢呢。」

「是啊。」

敏次點點頭，喘了口大氣。因為剛醒來，體力不支。

「啊，我沒注意到，真不好意思。你快躺下來，好好休息。」

「對不起，失禮了。」

乖乖聽話躺下來的敏次，表情變得輕鬆多了。

昌親對他說稍後會再來探視他，正要起身時，敏次輕輕「啊」了一聲。

「對了，昌親大人，博士成親大人是不是很忙呢？」

昌親又轉向了他。

「成親大人也幫了我很大的忙，我想至少要說聲謝謝……」

敏次說得有點激動，昌親用帶點猶疑的眼神看著他。

「陰陽博士……有怎麼也無法脫身的事情，很久沒來工作了。」

「是嗎？」

為了鼓勵消沉的敏次，昌親又補充說：

「我會替你轉達，放心吧，他一定會很高興。」

「好的，拜託您了。」

敏次的臉瞬間亮了起來，昌親對他微微一笑。

走出倉庫，關上門後，昌親臉色沉重地嘆了一口氣。

「哥哥……你在哪裡……」

他用裡面聽不見的聲音喃喃低語，咬住了嘴唇。

昨天，成親無故缺席。

成親本人沒聯絡也就算了，竟然連參議府邸的人都沒來通知。昌親覺得很奇怪，工作結束後就去看他怎麼了。

出來迎接的資深侍女真砂，帶他去了小孩子們的對屋。

「昌親叔叔，許久不見。今日來訪，是有什麼事嗎？」

昌親偏著頭，對口齒清晰的國成說：

「我來找你父親。」

「父親嗎？」

國成疑惑地眨眨眼睛，回說：

「他今天早上去工作，還沒回來。叔叔是不是跟他錯過了呢？」

「咦……？」

不禁嘟囔一聲，差點說不可能錯過的昌親，看到國成和他旁邊有點不安地看著自己的忠基的眼神，趕快把話嚥下去。

「可……可能是吧，嫂嫂還好嗎？」

忠基用力點著頭說：

「很好，本來一直在睡覺，現在醒了。」

「慢慢可以進食了，藥師說肚子裡的孩子也很健康。」

兄弟兩人開心地笑了起來。

「這樣啊，」昌親點點頭，邊思考邊站起來說：「她可能還沒完全復原，所以我改天再來看她。」

「好的。對了，叔叔，如果您見到父親，請轉告他說母親想吃水果。」

而且，不是一般水果，是施過咒語讓味道變得更甜的當季水果。

「唯獨這種水果，真砂和我們都沒辦法為她準備。」

「要父親回來才行。」

忠基又替愁眉苦臉的國成追加了這句話。

昌親苦笑著點點頭。

「我知道了，見到他，我會轉告他。」

「好。」

然後，昌親離開了參議府邸，匆匆回到皇宮。不只陰陽寮，他還找遍了廣大的皇宮裡所有成親可能會去的地方，叫住寮官們，問他們有沒有見到陰陽博士。

沒有一個人說見過。

成親早上離開參議府邸後就消失了蹤影。

聽說昌親走了，躺在床上的篤子嘆了一口氣。

他特地來訪，卻沒有招待他就讓他離開了，篤子覺得很過意不去。

「改天辦個小小的宴席招待他吧，也為今天的事道個歉。」

為了安慰篤子，真砂這麼提議。篤子點點頭，移動了視線。

陰曆五月也過一半了。夜幕才剛要落下，天空卻已經全暗了。因為天空布滿了遮蔽陽光的厚厚雲層。

雷鳴不時響起，閃光劃破雲間。

篤子不太能忍受打雷。絕不是害怕，只是雷鳴轟隆作響，身體就會不由自主地蜷縮起來。

剛結婚時，在第一次的暴風雨夜晚，篤子也被接二連三的雷鳴嚇得身體僵硬。成親聽到新婚妻子堅持說不是害怕，是身體自己縮了起來，就插科打諢地回應她。

——那不叫害怕，叫什麼？

成親一點都不怕打雷，不論雷聲多大、劈在多近的地方，他都是滿不在乎的表情。

篤子越看越生氣，隨手從擺放薰香爐的盒子裡，拿出心葉[3]扔過去。

附有梅花金屬配件和總角結線繩的心葉，是用正方形的綾布做成的，被擊中也不怎麼痛，但成親還是隨手抓住了心葉。

那個動作又惹惱了篤子，成親露出拿她沒轍的表情。

——喂、喂，別再扔東西啦。喔，這東西很高級呢，不愧是參議的千金。

成親仔細端詳心葉，篤子半瞇起眼睛瞪著他。

——害怕就老實說害怕嘛，來，過來。

成親張開了雙手，篤子猛然把臉撇過去。

她說，我明明不害怕，為什麼要過去？生氣地噘起了嘴。就在這個瞬間，一道雷落在很近的地方，嚇得她縮起肩膀，淚眼汪汪。

成親忍不住笑出來，站起來抱起篤子，再坐回原處。

——妳扔過來的這個心葉，上面的梅花是打雷的菅公[4]的家徽。

他說，對於也祭祀道真公的陰陽師來說，雷是值得尊敬的。所以，雷不會傷害跟陰陽師結婚的妳。

篤子好懷念在耳邊聽到的那個聲音。

她還是不能忍受打雷，但是，丈夫在的時候，就沒有問題。

當時的心葉已經陳舊不堪了，被裝進鑼鈿的書箱裡，藏在櫥櫃的最深處。因為是瞞著成親，所以，她想成親一定以為每次換新的薰香爐，也會把心葉全部換成新的。

其實，成親知道篤子還珍藏著那個心葉。篤子不知道，成親有時會偷看櫥櫃深處，露出溫馨的笑容，心想她還留著呢。

「成親大人到底怎麼了？」

聽到困惑的真砂這麼說，篤子眉頭深鎖。

成親因為工作太多，很晚才回到家，是常有的事。但是，不能回來時，通常會派人來通知。

3. 用來覆蓋薰香爐的綾絹，會在綾絹的四角或中央，以銅或鐵做成的梅花或松樹的樹枝固定形狀，再用總角結線繩作裝飾。
4. 菅原道真的敬稱。

篤子摸著肚子，閉上了眼睛。

雷越來越近了。

她好希望成親能早點回來。

「……」

真砂發現篤子開始昏沉想睡，悄悄站起來沒吵醒她，退出了對屋。

入睡前，有個聲音在篤子耳邊響起。

——原諒我，篤子……

要原諒什麼呢——。

◇　◇　◇

7

加劇的雷，劈在菅生鄉附近的山裡。

震動傳到背部，震醒了睡眠中的昌浩。

「啊……睡得好熟。」

感覺睡得很好，好到讓他不禁這麼喃喃自語。

一直在作夢。

他用力撐起上半身。

燒好像退了。他意識清楚，知道感覺的清晰度又回來了。疲勞還殘留在身體各個地方，但是，總算有了最低限度的睡眠。

昌浩睡覺的房間，應該是在小野宅院的某處。柱子、梁木雖然老舊，但擦拭得十分光亮，齊備的家具都是高級品。

在敞開讓風吹進來的紙窗外，可以看到閃光在黑雲裡亂竄。

沒下雨，風也是乾的，雷電卻瘋狂劈落。

「好奇怪的天氣……」

這麼嘟囔時，房間外面響起叫喚聲。

「昌浩，你醒了嗎？」

是螢。

螢打開木門，探出頭來。

「姥姥說要見你，你能去嗎？」

「姥姥嗎？」

昌浩思考了一會，回說：

「好。」

夢見師姥姥是神祓眾最高齡的陰陽師，住在菅生鄉的深處。

昌浩聽著轟隆震響的雷鳴，加快了腳步。

劃過黑暗的閃光，有時會帶著紅色，看起來很詭異。

「姥姥，我是昌浩。」

他敲敲木門說，我要進來了。

「好久不見，我正在等你。」

看到在地爐旁弓著背的懷念身影，昌浩心底泛起喜悅之情。

姥姥對他招手，他關上門，走上了木地板。

即便是陰曆五月，位於山中的菅生鄉，夜晚還是會冷。放進地爐裡的木柴燒得火紅，掛在吊鉤上的鍋子冒著蒸汽。

姥姥掀起了鍋蓋，裡面是白粥。她用勺子把粥舀進碗裡，再把手伸進放鹽巴的壺裡，抓一把鹽撒在碗裡，然後連同筷子一起把碗放在昌浩面前。

「吃吧。」

「那麼，我吃了。」

才剛到就被塞了一碗粥，昌浩儘管滿腹狐疑，還是在雙手合十後開動。

他把熱騰騰的粥稍微吹冷再放進嘴裡，米和鹽的味道就散開了。

明明沒有放其他東西，卻覺得比任何大餐都好吃，昌浩默默動著嘴巴吃了好一會。

姥姥瞇起眼睛，注視著昌浩。

「還要再吃嗎？」

「要。」

第二碗粥多撒了一點鹽。

這碗也吃光後，昌浩放下了碗和筷子。

「謝謝招待。」

「嗯。」

「太好吃了，第一次覺得只放米、水、鹽的粥這麼好吃。」

姥姥笑了。

「這是用祭拜過天滿大自在天神的米、水、鹽煮出來的粥。」

這麼一說，昌浩就明白了。

「原來是祭拜道真公的供品啊，難怪。」

吃祭拜過神的供品，等於吃了跟神一樣的東西，被視為與神分享了血液。

而且，用來祭拜神的東西，都被加持過。加持會撼動魂。魂棲宿在萬物之中，魂被撼動的人，力量會增強。

昌浩發出讚嘆聲。

所謂沁人肺腑，應該就是這種感覺吧。

「吃到好東西，沉滯的氣就會循環，如果能再為你準備當季的食物就更好了。」

好東西是指沒有任何添加的大自然恩賜，例如五穀、山珍、海味。再加上當季的食物，作為每天的糧食。

「不，這樣就足夠了，謝謝。」

低頭致謝的昌浩，覺得有股力量從身體深處湧上來。

這是因為與神分享血液，氣開始循環，袚除了污穢。

「咦……？」

昌浩眨了眨眼睛。

再揉揉眼睛。

感覺看東西的影像不一樣，時而重疊、時而昏暗、時而搖晃。

昌浩滿臉訝異，不斷移動視線。姥姥叫他過來。

「過來一下。」

他聽從指示移動。姥姥往雙手吹氣，再摩擦雙手，然後把雙手放在他的眼睛前面。

從姥姥嘴裡發出嘟囔的聲音，昌浩閉著眼睛任由她擺布。

沒多久，昌浩從動靜察覺到姥姥把手移開了。

「張開眼睛看看。」

昌浩緩緩抬起眼皮。

視線穩定了，不再是剛才那種壞掉似的歪七扭八的影像了。

同時，昌浩也倒抽了一口氣。

不但能看見，而且能看見靈異的東西。

雖然微乎其微，但比起完全看不見的時候，視野算是開闊了。

看到昌浩張口結舌的模樣，姥姥咯咯笑了起來。

「這可不是用咒語讓你看得見喔。」

「咦，可是……」

很久以前，他曾施行以生命作為交換的法術，代價是失去了靈視能力，現在那個能力又稍微復原了。

姥姥苦笑起來。

「不是那樣的……昌浩，你以前曾不只一腳而是兩腳，闖入了幽世。」

昌浩目瞪口呆，無言以對。他心中太有數了，毫無反駁的餘地。

「可能是因為你常常逞強，所以離那邊比較近了。」

「啊……」

昌浩抱著頭，發出低吟聲。

沒錯。

昌浩的靈視能力被留在那個境界的岸邊了。

境界的岸邊是彼岸與此岸的狹縫，是現世與幽世的界線。

因為種種理由，他不止一腳甚至兩腳都闖入了幽世，又強行回到了現世。姥姥說得太對了，讓他啞口無言。

看到昌浩垂頭喪氣露出複雜的表情，姥姥拿他沒轍，笑著說：

「你真是個愛逞強的孩子呢。」

神祓眾從昌浩出生時，就開始觀察他了。姥姥現在說的逞強，應該是包括他留在這裡修行之前的孩提時代的種種。

「啊……可是，在這裡的修行期間，也經常……」

昌浩弱弱地反駁，姥姥不以為然地說：

「修行中你也有好幾次差點死掉，可是都沒去幽世啊。」

「說得也是……」

說起來確實是這樣。覺得快死了，也是昌浩自己覺得會死，其實只是到達體力的極限，心臟輕度停止而已。

神祓眾在這方面做得很周全，在發現心臟停止的瞬間，會馬上做處理，從未釀成大事。好幾次都是這樣。

可以說是掌握得恰到好處。

氣力、體力、靈力全部用罄，陷入窮途末路的絕境這種事，一次也沒有發生過。應該沒有。

如果怪物小怪在這裡，一定會教誨他說要有「那種價值基準大有問題」的自覺。不巧的是它不在，所以，現在沒有人能給昌浩意見。

木柴爆裂，嗶嗶剝剝作響。

看到姥姥震顫著眼皮，昌浩挺直了背脊。
「以前，我跟你說過作夢的事吧？」
昌浩默默點頭。
姥姥是夢見師。陰陽師作的夢都有意義，夢見師作的夢有更強的意義。
是靈夢。是預知。是警告。
說不定那是捕捉到神所見到的世界的片段。
神見的是超越人類理解範疇的東西。
有時候，夢見師也很難掌握自己作的夢的意義。
不論遠超過人類理解的那個夢有多重要，也無法掌握。
然後，在某天聽見什麼、遭遇什麼時，會以靈感乍現的模式突然領悟到：啊，
原來那個夢是指這件事。
姥姥作的是樹木枯萎的夢。
樹木枯萎導致氣枯竭，形成污穢，蔓延到全國。
然後，污穢伴隨著沉重、冰冷的風，招來了疾病。
「風會把鬼帶來、會伴隨著數數歌，把誘惑的隊伍帶過來。」

如唱歌般說出來的話語所蘊含的意思，會沁入心中深處。理解後，戰慄就會湧上心頭。

「疾病將會充斥全國。在樹木枯萎的召喚下充斥全國。疾病會抓住沾染污穢的人，讓他們沉下去。」

「沉到哪裡去？」

昌浩不由得插嘴問，姥姥注視著遙遠的彼方。

「境界的水邊——」

拍打著夢殿盡頭的波浪的白色泡沫，在喃喃唸著「水邊」的昌浩的腦裡浮現又消失了。

在位於暗昧深處的水邊往下沉，沉到底的話，就無法從那裡逃出去了。

只會沉入光線照不到的水底，逐漸沾染黑暗。

除了碎裂的勾玉外，昌浩還隨時把另一樣東西掛在脖子上。

那就是已經完全沒有香氣的香包。

唯獨這個，是情感的紀念品，他絕不放手。

「被疾病纏上的人，會發燒，呼吸也會被咳嗽影響。劇烈的咳嗽會傷害喉嚨，損毀氣管，沒多久就不能呼吸了。」

人不能呼吸就會死。

「咳得很厲害的時候，人就會聽見歌聲吧。那是隨著冰冷沉重的風，從盡頭之地傳來的數數歌。」

像是在說預言般的姥姥的聲音，讓那個場景清楚浮現在昌浩腦裡。

昌浩眉頭深鎖。

他知道那首歌。沒錯，是在那個夢殿的盡頭聽到的。

當時，他看到帶領黃泉喪葬隊伍的女人，哼唱這首歌的模樣。

姥姥閉上眼睛，深深嘆息。

「這就是……夢的所有內容。」

夢見師的夢，呈現的是未來。

什麼也不做，那個可怕的未來絕對會來到這世間。

疾病會充斥全國。必須在那之前，清除蔓延全國的污穢。

「昌浩啊。」

聽到平靜的叫喚，昌浩眨了眨眼睛。

姥姥以沉穩的眼神說：

「還記得你離開鄉里的前一個晚上，我對你說的夢嗎？」

「……」

昌浩平靜地點點頭。

又很快垂下視線，回想那天晚上的事。

當時，木柴也是嗶嗶剝剝作響，燒得火紅。

姥姥又接著說：

「如果你想選擇跟那個夢不一樣的未來，可以留在這裡，當神祓眾活下去。」

昌浩猛然抬起頭，凝視著姥姥。

「咦……」

姥姥點點頭說：

「由你選擇。如果選擇跟這之前不同的道路，那麼，這之前看到的未來就會被封閉，再開啟其他未來的門。」

明白姥姥要說什麼的昌浩，眼皮震顫起來。

祓除污穢、防堵疾病、與黃泉之風對峙。

這就是在昌浩面前延展的未來。
昌浩欲言又止，猛然閉上了眼睛。
雙手輕輕交握，放在膝上，用閉著的眼睛望著彼方天空。
「來之前……我一直在作夢。」
在首領宅院的一個房間；在很久不曾待過的可以鬆懈、安心的地方。
昌浩作了奇怪的夢。
「澄色的……應該是黃昏吧……」
待在某個宅院的自己驚慌失措。
讓他驚慌失措的是抱在手裡的嬰兒。
起初，他想是時遠。
因為時遠剛出生時，母親山吹病倒了，螢忙著照顧她，曾經把時遠推給了昌浩、冰知、夕霧。
嬰兒又小又軟綿綿，而且不會說話，沒辦法溝通。
昌浩雖然有姪子姪女，但是從來沒照顧過一整天，夕霧和冰知也差不多。
面對哭起來可以哭超過一個時辰的嬰兒，昌浩束手無策，都快哭出來了。

——好想找個女幫手、女幫手、女幫手，有誰呢……啊，勾陣！

昌浩突然想起來，搜尋神將的身影，看到她一臉複雜的表情，撇開了視線。

啊，不可能。

看到那張臉，他瞬間就明白了。被打落絕望的深淵時，一隻大手從旁邊伸過來了。

是從白色怪物的模樣變回原貌的紅蓮。

紅蓮瞪著勾陣，一臉的不悅。但是，勾陣顯得毫不在乎，輕輕閃過了他射殺般的眼神。

從昌浩手中抱過時遠的紅蓮，以熟練的動作逗弄時遠。

結果太驚人了。

那個哭個不停的時遠，竟然漸漸安靜下來，沒多久就開始呼呼打鼾了。

昌浩訝異地望向勾陣，看到她若無其事地點了幾下頭。

感覺像是使用了什麼法術，其實並沒有。

那之後，昌浩他們還是對付不了哇哇大哭的時遠，但是，被紅蓮一抱他就不哭了。這種事一再發生後，漸漸形成由紅蓮照顧時遠的氛圍。

後來隨著時遠成長，哭的次數就越來越少了。

「時遠大多是在傍晚的時候哭，所以應該是那時候的夢。」

懷裡的嬰兒哭鬧不休，再煩也只能耐著性子哄弄，好不容易才停止哭泣。

這時候昌浩心想，紅蓮實在太厲害了。

不是想他為什麼不在，而是平靜地思念他。

不知道為什麼他就是知道，紅蓮不在是理所當然的事。

然後，悄悄地移動視線，以免吵醒睡著的嬰兒。

有個身影坐在外廊上，輕輕倚靠著高欄。

沒錯。因為有她在，所以紅蓮不在這裡。

澄色光線有點刺眼，看不清楚容貌。

長長的頭髮延伸到外廊上，光亮潤澤，與夕陽相輝映，美極了。

剛剛還在眺望庭院，現在好像打起了瞌睡。

竟然能聽著那樣的哭聲入睡，令他有些讚嘆，卻又不禁想到原來她疲憊到這種程度了。

昌浩一直看著她打瞌睡的模樣。

那模樣太美了，美到讓人想永遠這樣看著。
沒多久，枯葉飄落水池的聲響大作，似乎把她驚醒了。
昌浩有種「啊，好可惜」的感覺，多麼希望她可以那樣再睡一下。
但這也是無可奈何的事，昌浩這麼想，張開了嘴巴——。
「……」
正要呼喚她的名字時，昌浩的夢結束了。
在橙色光線中，看不清楚嬰兒的臉，也不知道待在外廊的人是誰。
儘管如此，昌浩還是知道自己可能說出口的名字。
名字是最短的咒語，說出來就會成真。但是，不能那麼做，所以，昌浩絕對不呼喚那個名字。
昌浩緩緩張開眼睛，平靜地微微一笑。
「那是……非常幸福的夢。」
醒來時，他打從心底這麼想。
他作了夢。真的是非常幸福的不會到來的未來的夢。
因為知道不會到來，夢才會讓自己看到願望。

昌浩想起，在那個尸櫻界、沒有任何人的地方，他說出了那個自知絕不可能實現的願望。

——我的希望是跟妳在一起。

——我的願望是跟妳一起生活。

「真的好幸福……」

當時，會在與人界隔離的落花紛飛的櫻花森林裡說出口，就是想把一切留在那個地方。

希望、願望都埋在櫻花森林裡了。

因為自己沒有那種資格。

身分不同、家世不同，差距大到無可奈何。

他知道、他明白。

儘管如此，可以什麼都不考慮的時候是幸福的，所以，他曾經希望那段時間可以永遠維持下去。

可以當小孩的時間已經結束了。

很多事因為是小孩所以可以被允許、因為是小孩所以可以視而不見。

昌浩在那時候，把願望的殘骸都埋葬在櫻花森林裡了。

現在，昌浩的願望只有一個。

希望她能幸福、希望她能永遠幸福。

昌浩的希望、昌浩的願望，只有這樣。

「是嗎……」

姥姥深思地喃喃低語。

昌浩沒有走錯路，今後他也會一直朝向看到的未來前進。

明知道他不會選擇其他的路，姥姥還是想向他提示其他的路，因為憐惜他不屈不撓奮戰到現在。

姥姥像是強忍著什麼似地點點頭，又垂下頭，嘆了一口氣。

就在這時候，劇烈的落雷襲擊了鄉里的一角。

昌浩和姥姥都倒吸一口氣，望向落雷的方位。

「剛才那是……」
「落在哪裡了？」
有不祥的預感。
兩人衝到外面確認地點，看到鄉人跑過來。
「姥姥！」
年輕的鄉人跑到姥姥前面，喘著氣說：
「不好了，雷劈中了神社……！」
「神社？」
昌浩喃喃低語，姥姥的臉漸漸變得蒼白。
「真的嗎?!」
姥姥大驚失色地問，鄉人趕緊扶住她。姥姥年紀大了，腳站不穩。
「神社是……」
比姥姥晚想到的昌浩瞪大了眼睛。
「是道真公的神社……?!」
菅生鄉只有一間祭祀神的神社，蓋在俯瞰整個鄉里的山丘上，祭祀天滿大自在天神。

那間神社剛才被雷劈中了。

昌浩拋下鄉人和姥姥往前衝。

鄉人們一個接一個衝出來，前往同一個方向。

昌浩到達時，已經聚集了很多人。

看到夕霧在那裡面，昌浩跑向他。

「夕霧！」

回過頭的夕霧，驚訝地張大了眼睛。

「你怎麼了？」

昌浩猜到他是在問體力和氣力快速復原的事，便簡短回答：

「是姥姥幫了我。」

「這樣啊。」

夕霧聽到他的回答就大約明白了，點點頭，又把視線拉回到被雷劈得粉碎的神社殘骸。

昌浩呆住了。

即使被雷擊中，也不該損壞得這麼嚴重吧？

這間神社不大，但宏偉雄壯。沒有專屬的神職人員，由鄉人輪流當，當滿一年就換下一家。每天都會有祭神儀式，把建築物擦拭得乾乾淨淨，祭典的日子也會把典禮辦得熱熱鬧鬧。

昌浩住在這裡時，都親眼看見了。祭典的日子不用修行，他會跟鄉人一起參加典禮。

那個充滿回憶的菅生鄉的守護要塞被摧毀了。

踏入竹籬笆圍繞的神域內的昌浩瞠目結舌。

神威消失了。

經常充滿結界內側的天滿大自在天神的神威、菅原道真的神威，不留痕跡地消失了。

8

剛才雷鳴轟然巨響，貫穿地面般的衝擊撼動了宅院。

出生以來第一次遇到這麼淒厲的落雷，時遠害怕地抓住螢的手。

螢撫摸他的頭，讓他放心。

「不用怕，我們鄉里有大自在天神的保佑，一點都不必擔心。」

天滿大自在天神亦即菅原道真，是聞名的禍神，但是，對螢等人及神祓眾來說，是祖先之一，也是很重要的守護神。

不是所有的雷都是道真公的神威，但是，這片土地確實有神的守護。

這時候，一個鄉人跑過來。

「不好了，螢大人，大自在天神的神社被雷擊中，損害慘重。」

「咦?!」

出乎意料的狀況，讓螢也不禁瞪大了眼睛。
她想落雷後馬上衝出去的夕霧，應該是在神域。
「時遠，你待在這裡，我去看看。」
「好。」
螢又摸摸聽話的時遠的頭，命令來通報的人在這裡照顧時遠，自己跑向了鄉里深處的神社。
神社的神域離小野宅院有段距離。
為了抄近路，先離開鄉里進入森林的螢，察覺到隨風飄來的異樣氣息。
「這是什麼……？」
全身起雞皮疙瘩。
雷鳴在頭頂上迴盪。黑雲密布的森林，暗如黑夜。
不能使用法術的螢，夜視能力原本就不差，在黑暗中也能行動自如，但是，再更漆黑的話，恐怕也會走得跌跌撞撞。
她想最好回去拿火把之類的東西。
才剛轉身，就有一道風撫過她的臉。

「——」

螢的腳停在了原地。

那是她熟悉的風。

心臟彷彿受到撞擊，開始怦怦狂跳起來。

她使盡全力往後看，清楚聽見緊繃的身體發出了僵硬的聲響。

雷鳴迴盪。雷電閃光帶著紅色，把漆黑的森林染得斑斑駁駁。

螢的視線沒放過那道閃光中剎那浮現的身影。

「那是什麼……」

飄來了氣息。

雷鳴。風向變了。氣息中斷了。

螢向前跑。

她想起了這座森林的盡頭是什麼。

是神祓眾的墓地。

心臟怦怦跳動。她知道飄來的氣息是什麼。

但是，怎麼可能呢？

因為……

抱著難以置信的心情奔馳的螢越來越急躁。

一直很想再見一次。

但是，有違世間條理。所以，那是不可能實現、不該有的願望。

沒錯，不可能有那種事。不可以有那種事。如果有，表示世間的哲理都出了問題。

如果出了問題，這個現世的道理就會扭曲，不該回來的東西就會從那個岸邊活過來。

螢屏住了氣息。

這不正是自己期待的事嗎？

「唔……！」

心臟怦怦跳得更厲害了。

因為不發生那種事，件的預言就會成真。

每次出現都會宣告可怕預言的妖怪的無情雙眼，浮現螢的腦海。

她想起件盯著她的眼睛、件困住自己的預言。

件的預言無不靈驗。那個預言一定會成真。
然後，螢如件的預言，逼死了哥哥。
然後，螢將會如某次的預言，奪走時遠的一切。
那會是什麼時候呢？必須在那之前結束自己的生命不可。
「否則……」
自己將會在某天親手殺了時遠。
森林到盡頭了。
雷鳴後沒多久，整個世界就被紅光浸染了。
螢停下腳步，站在樹木環繞的墓地前。
呼吸急促，全身嘎答嘎答顫抖起來。
好幾個墓都被破壞了。
不是有人從外面破壞，而是從土裡爬出來的東西把墓毀了。
「到底……是什麼……」
土下面是、土下面是……
是死者們。生命結束後，魂脫離的宿體就會腐朽，那就是所謂死亡現象的具體呈現。

在耳邊不停噗通噗通震響的劇烈心跳聲，與淒厲的雷鳴交疊，聽不清楚。

每次雷鳴響起，風就會增強。

即使是陰曆五月的夜晚，也不該吹起這麼冰冷的風。

螢被風吹得搖搖晃晃。

「唔……！」

從雷鳴與風的呼嘯前，傳來微弱的聲響。

張大眼睛的螢，隔著擋在眼睛前面保護眼睛的手，移動視線。

她看到滿目瘡痍的墓地，到處都是無法形容的沉滯蠢蠢蠕動。

污穢正逐漸成形。

從土裡伸出細細的東西，緩慢地組合起來。把土捲進去的沉滯往上攀爬，整個包住了組合起來的東西。

紅色閃光照亮了墓地。

形體像臉色慘白的人的東西，搖搖擺擺地逼近，就快包圍呆呆佇立的螢。

不由得向後退的螢，腳絆到什麼東西，身體失去平衡，踉蹌了幾步。

背部撞到人，發出咚的聲響。

鼻尖聞到土的味道。

「螢──」

聽到在耳邊響起的聲音，螢的雙眸凍結了。

有個冰冷的東西搭在她顫抖不已的肩膀上，再沿著胳膊移動，抓住了她的手臂。

是冷得像乾冰的手。

雙臂都被抓住的螢，全力扭轉可以自由行動的脖子，抬起了視線。

心跳噗通噗通狂跳。

紅光燒灼視野。

螢看見只有嘴角露出冷冷微笑的小野時守。

震耳欲聾的轟隆聲貫穿耳朵，掩蓋了所有聲音。

「哥哥……」

螢沒聽見自己的聲音。

那是幾年前已經死亡的哥哥時守。

遺體就葬在這個墓地的一隅。

螢現在也會偶爾去墓地詢問時守。

件有預言。我該在這世上活到什麼時候呢?活到什麼時候,才不會傷害那個孩子呢?

在螢面前出現的妖怪,每次每次都重複著同樣的預言。

『妳將奪走一切,使他失去所有。』

心臟噗通噗通跳動。

『妳將奪走那個男人的一切,連同他遺留下來的生命。』

心臟跳得更劇烈了,身體卻冷得快凍結了。

預言會追著自己而來。

抓住螢的雙臂的時守,細瞇起眼睛說:

「螢，該是時候了吧……」

什麼該是時候了？她想這麼問，聲音卻出不來。

閃光每次劃過，都會染紅整個世界，也染紅螢的視野。

隨著雷鳴擴散的紅，是血的顏色。

是那天哥哥時守流的血。

螢還記得，選擇自刎而死的小野時守說的詛咒般的話語。

那是憎恨螢的心、是妒忌螢的心、是厭惡螢的心、是詛咒螢的心。

「該還給我了——把妳從我這裡搶走的一切都還給我。」

她似乎在時守眼中看到了微暗的紅色火焰。

她想說她沒搶走，嘴唇卻張不開。

原本屬於時守的一切，現在都在螢手上。

包括由首領繼承的宅院、傳承下來的寶物。

還有統領神祓眾的任務、鄉人的尊敬、現影的獻身。

以及他的妻子、他的孩子。

全都在螢手上。

時守把螢的身體轉向自己，稍微彎下腰，配合螢的視線高度。
「可愛的螢，妳喜歡哥哥吧？妳那麼想要哥哥的東西嗎？」
螢的嘴唇顫抖起來。雷鳴穿透耳朵，聽不見其他聲音。
「心愛的螢，妳希望哥哥回來吧？為了這個願望，妳不惜摧毀這個世間的條理吧？」
男人逼近螢。螢屏住氣息，但還是無法抽離視線。
「貪心的螢。」
聲音緊貼著耳朵。
「愚蠢的螢。」
背脊哆嗦顫慄，使不上力。
腳在發抖，嘎答嘎答震響，快站不住了。
男人的手往肩頭撫摸移動，緊緊抓住她的胳膊。
全身虛脫就快癱坐下來的螢，被男人毫不費力地舉起來。
螢的腳離開地面，身體懸空，視線與男人的視線齊高。
「螢哪——螢。」

男人湊近螢的耳朵，輕聲細語。

「妳還有其他願望嗎……？」

冰冷的氣息吹到耳朵又散去。

紅光與轟隆聲交疊，浸染了心中的一切。

願望？

那就是……

「——」

光彩閃爍的少女的眼眸，失去焦點，逐漸變得透明，宛如假人。

「哥哥……」

螢如夢囈般說著話，用手勾住男人的脖子。

「帶我……走……」

帶我走，快點、快點。

總有一天，我這雙手會殺了他。

一定會如預言，殺了那孩子。

所以，帶我走。

在輸給預言之前。

「——」

就在眼皮快闔上時，螢看見了。

看見那隻妖怪在時守的眼眸深處。

「螢，可憐的螢……」

時守抱住快倒下去的螢，吃吃冷笑起來。

◆ ◆ ◆

徘徊在夢與現世之間的比古，被敲擊耳朵的雷聲拉回來。

抬起眼皮，就看到眼前的灰黑毛。

舉起手時，身體的每個地方都在痛。

「好痛……」

他皺起眉頭撥開灰黑尾巴，一張臉就映入了眼簾。

「比古。」

看到單眼開心地亮起來的多由良緊閉的左眼，比古露出心疼的表情。

多由良慌忙甩著尾巴說：

「沒事，這個鄉里的陰陽師們都說，花點時間就能治好。」

「真的嗎……？」

「我會騙你嗎？比古。」

比古搖搖頭，淺淺一笑。他的臉痛得皺成了一團。

用手一摸，才知道全身纏繞著符和布。

試著站起來，眼前就骨碌骨碌旋轉，站不起來。這是因為缺血。

應該是原來的傷口又傷得更嚴重，從那裡流出了大量的血。

他記得搭乘神將的風來神袚眾之鄉的事，也記得到菅生鄉後，跟螢說過一些話。

「啊……然後就昏倒了。」

想起來的比古眉頭深鎖。

「我真沒用，昌浩說不定一直保持清醒呢。」

聽到比古這樣嘟囔，多由良的眼神飄來飄去。

「啊……呃……這個嘛，因為我不在場，所以……」

「沒關係，多由良，不用安慰我。」

他撫摸狼的粗脖子，表示不用在意。灰黑狼閉著眼睛任他撫摸。

「把傷治好，回出雲吧，比古。」

「嗯。」

知道污穢的原因了。接下來，昌浩應該會解決。昌浩拜託他的話，他也會出手協助，但是，現在的昌浩似乎不需要他的協助。

「那小子更強大了。」

感慨低喃的比古，似乎有些不滿。

「比古，你也變強了啊，並不輸給昌浩。」

「我都說啦，沒關係，不用安慰我了。」

「唔唔唔唔。」

比古抱著表情苦澀的狼的脖子，屏住呼吸熬過遍及全身的疼痛。

他多少也知道，自己並不弱。

儘管如此，面對那張臉時，就是無法保持平靜。

而昌浩卻很冷靜。他知道那是因為昌浩與真鐵之間沒什麼關係，所以受到的打擊沒那麼大，但是，他的心情還是很沉重。

「可惡的昌浩，別以為永遠都會是這樣。」

「沒錯、沒錯，比古加油，有我陪著你。」

「不過，昌浩有神將呢。」

「喂，比古，你是說我比神將差嗎？」

「我不是那個意思。」

他們聊著無關緊要的話，但心中想的恐怕是同一件事。

無論是一根頭髮，或是一片骨頭碎片都行，他們希望有留下什麼。看到那樣的東西，比古和多由良一定就能完全死心。

「等污穢完全消失後，我們再去阿波吧，比古。」

聽到多由良的提議，比古詫異地歪著頭。

「去那裡找找看吧，說不定有留下什麼。」

然後，直接來趟全國之旅也不錯。

像神祓眾那樣的人，找找看一定到處都有。

比古的族人已經不在了，但是，像那樣拓展人脈，總有一天整個國家都會變成比古的國家。

多由良開朗描述的未來，就是一個夢想。

「嗯，就那麼做吧。」

比古瞇起眼睛回應的瞬間，劇烈的雷鳴轟隆作響。

轟隆聲震盪空氣，強烈到宅院都發出傾軋聲。

「哇，剛才的雷鳴好大聲。」

遮住耳朵的多由良瞪大眼睛。狼的耳朵比人類靈敏，所以聽到的聲音比比古大很多。

沒多久，外面響起嘈雜聲，感覺有人跑出了宅院。

「剛才那是夕霧？」

「好像是，怎麼回事？」

比古勉強爬起來，倚靠著站起來的多由良，走到外廊。

整個天空都覆蓋著黑夜般的烏雲。狼多由良和在出雲長大的比古，夜視能力都很好。這種程度的黑暗，沒有多大妨礙。

比古環顧周遭。

閃光劃過。是紅色光芒。

那道光讓他想起降臨出雲的八岐大蛇荒魂，不禁背脊發涼。

正有不祥的預感時，又有人來到門前。

之後，出去的人跟來的人不一樣。

「是螢？」

她好像慌慌張張地跑出去了。

「怎麼了？」

不只夕霧，連螢都衝出去了，可見是發生了重大事件。

多由良看比古一眼，嘆口氣說：

「我帶你過去，你去穿衣服。」

比古眨眨眼，穿上擺在墊褥旁的新衣服。在阿波穿的衣服也是借來的，因為被血弄髒了，所以有人又幫他準備了新衣服。

菅生鄉的人對外來的自己也很親切。

不過，最大的原因可能是與昌浩熟識。

比古跨坐到背上後，多由良從外廊輕盈地跳下來。
「呃，螢是往……」
循著味道往前走沒多久，狼突然停下腳步。
接連不斷的雷聲震耳欲聾，震得耳朵刺痛。
「怎麼了？多由良。」
還好沒下雨，但是，噼哩啪啦的雷響和隨即劃過天空的雷光，讓比古覺得對眼睛和耳朵造成極大的負擔。
伸長脖子的多由良，抽動鼻子，瞪大了眼睛。
「多由良？」
灰黑狼似乎沒聽見比古詫異的聲音，顫抖著喃喃低語：
「不會吧……」
「咦？」
比古沒聽清楚，把耳朵湊近狼的臉時，多由良猛然拔腿狂奔。
不知道多由良看見什麼的比古，緊緊抱住它的脖子以免被甩出去。
它跑出鄉里，進入了森林。

每打一次雷，樹木就被震得窸窸窣窣顫抖起來。

到了快要穿出森林的地方。

多由良突然岔開雙腳用力煞住，然後急速倒退。

沒抓住被拋出去的比古，翻個觔斗，勉強著地。

跳到遠處的多由良，邊仔細張望四處，邊低聲咆哮。

比古跟狼一樣環視周遭，不禁目瞪口呆。

有沉滯。那些沉滯如活生生的東西，滑溜溜地蠕動，向上延伸，形成厚度、膨脹，沒多久漸漸變成人形。

然而，那個緩緩邁步的東西，並不是人。

比古無意識地往後退。

那是從沒見過的東西。

好淒厲的妖氣。那東西纏繞著像陰氣又像污穢的妖氣，還從嘴巴吐出來。

身體的四肢都細得像枯木，唯獨腹部異常突出。大大的眼睛，只有小小一點的眼球，白色部分充滿血絲。頭部有奇怪的角，手腳的爪子都如刀刃般銳利。

吹來又冷又重的風。

風裡包藏著來歷不明的氣息，纏住比古和多由良。

狼的咆哮帶著兇暴。

「鬼……」

忽然，比古想起智鋪的祭司。

那個傢伙企圖打開的是通往黃泉之門。

現在，出現在他們面前的是，帶著不屬於這世間的風而來的鬼。

原因不明，能想到的只有一件事。

「他們是……黃泉之鬼?!」

那麼，黃泉之門打開了嗎？

但是，昌浩已經擊垮智鋪的祭司，皇上的魂虫應該也回到原處了。

「那個祭司已經……」

比古說到一半就打住了。

吹起了風，帶來了氣息。

那是黃泉之鬼散發的妖氣與濃厚的污穢，是死亡本身的異常氣息。

還有另一個氣息。

「難道是……」

比古抿住嘴唇，拔腿往前跑。

9

◆ ◆ ◆

聽到嘈雜聲，連應該已經瀕死的冰知都來到了神社境內。

不禁瞪大眼睛的昌浩要跑向他時，他輕輕舉起手說：

「我用了止痛、止血符，不必擔心。」

昌浩半瞇起眼睛，心想比古和冰知這兩個被囑咐要安靜休息的人，為什麼這麼任性妄為呢。

「也不想想別人的心情……」

他這麼嘀嘀咕咕，就聽到夕霧從背後低聲說：

「你有資格說這種話嗎？」

如果小怪在場，也會對夕霧大大表示同意。

昌浩滿臉困窘，沒有反駁。

冰知蒼白著臉環視周遭。

「螢大人呢？沒來嗎？」

「螢？來了吧？」

夕霧詫異地回應，冰知有點困惑地皺起眉頭。

「難道是我超越了她？她比我早離開宅院啊。」

但是，從宅院來這裡，只有繞鄉里一大圈的一條路。

「啊，總不會，」昌浩四處張望說：「她是想抄近路，穿越那座森林？」

「既然是抄近路，現在還沒到就奇怪了。」

被夕霧這麼一說，的確是這樣。

大家心中都不由得閃過不祥的預感。

冰知盯著成為碎片的神社殘骸，露出若有所思的表情。又再三環視周遭，察看神社原本設立的地方，以及中央被落雷刨出來的大洞。

沒多久，冰知神色漸漸蒙上一抹驚恐。

「冰知？」

「怎麼了？有什麼事嗎？」

冰知把頭轉向兩人，面無血色地說：

「時守大人不見了。」

「蛤？」

兩人一時聽不懂那句話的意思。

冰知的臉色轉為慘白，又重複說了一次。

「時守大人……我供奉在這裡的時守神，不知跑哪去了。」

昌浩呆呆看著冰知。

時守神是冰知把死去的時守供奉起來的神，曾一時變成禍神，企圖加害螢。後來，聽說怨懟消失，又被重新供奉成守護鄉里、族人的守護神。

昌浩慌忙屏氣凝神，搜尋四周。

稍微復原的靈視能力，讓昌浩的眼睛隱約看見了一些東西。

但是，那裡面沒有天滿大自在天神和時守神的神氣。

依然到處都感覺不到神威，根本是一丁點都感覺不到。

神從人間消失了。

難道是落雷把神從這裡彈飛出去了？

雷電又寫成「神鳴」，也是名為「鳴神」的神，所以，雷劈在菅公和時守神的神社這件事，也能視為神意。

但是，兩柱神的神威突然消失，不留一絲痕跡，太異常了，顯然有問題。

更何況，這裡也感覺不到劈落的鳴神的神意。

神消失後的神社現場，只剩一片光溜溜的山丘。

「糟了……」

夕霧的聲音帶著緊張。

「夕霧？」

看到昌浩詢問的眼神，夕霧做了簡短的說明。

「這裡原本是門，用來阻斷從四周山上飄下來的氣。」

如同京城的鬼門，是氣的通道。

從山上飄下來的無雜質的純粹的氣，有時對人的身體來說太過強烈。神祓眾們比一般人更能承受那種氣，但是，長時間接觸會造成身體不適。

太強的氣會腐蝕人的身心。
昌浩點頭表示同意，他看過太多這樣的例子。
「也就是說……」
理解後，昌浩臉色發白。
如果是神社擋住那股氣守護著鄉里，那麼，現在沒有阻礙，氣不是會如濁流般席捲而來嗎？
「那豈不是糟透了？」
昌浩不由得低聲嘟囔，冰知點點頭說：
「沒錯，總之我現在再請神降臨此地。」
夕霧指示聚在一起的鄉人，先回家確認家人的安全。
老年人和小孩子的感覺特別敏銳，說不定已經造成影響。
冰知瞥一眼各自散去的鄉人後，拍手合十。
「謹請天滿大自在天神降臨……！」
雷鳴在布滿天空的烏雲中震響。
然後，刺眼的閃光浸染周遭。

染成紅色。

那個顏色讓昌浩不寒而慄。

那是、那個嚴靈[5]是……

心臟噗通噗通狂跳。

「不對……」

那不是守護這個地方的天滿大自在天神菅原道真。

忽然，所有的聲音都消失了。

緊接著，緋紅的雷擊伴隨著劃破天際的狂暴雷聲，在神社現場刨出了一個大洞。

昌浩等三人都無力抗拒，被強大的威力拋飛出去。

撞破竹籬笆翻滾落地的昌浩，好不容易站起來，整個人都呆住了。

散落境內的碎片，都消失不見了。原本豎立著神社的地方，被刨出了又深又大的洞，山丘的上半部都被雷劈飛了。

足以改變山丘形狀的雷擊，是從天上直直劈落在這個地方。

昌浩抓住被落雷的餘波震得發麻的手，喃喃低語：

「沒有降臨……」

那麼厲害的冰知招神，竟然連一點點神威都沒有降臨。

被拋飛到稍遠處的夕霧，跑到因正面衝擊而蹲坐下來的冰知身旁。

「振作點，冰知。」

被扶起來的冰知，身上的衣服都破破爛爛了。從裂縫露出來的符和布，漸漸被染成紅色。好不容易癒合的傷口，又因為剛才的衝擊裂開了。

夕霧背起冰知，瞥昌浩一眼，說：

「我帶他回去宅院療傷，你……」

昌浩從夕霧的眼睛領會到他要說什麼，沒聽到最後就往前衝了。

「螢交給我！」

他在夕霧的背後吶喊。白髮現影頭也不回地奔馳離去。

以直線連結首領宅院與神社的地方，是一大片森林。森林的盡頭是神祓眾的墓地，以樹木隔開了那個世界與這個世界的人們。

5.嚴靈的原意是勇猛且有靈力者，後來被用來形容傳說中與神相關的雷。

到墓地的這條路，是大大繞著鄉里延伸，途中也有河川。

河川的彼岸與此岸是界線。

以距離來說並不遠，但是，要去那裡必須越過一些障礙。

有河川、有山、有湖、有森林、有竹籬、有牆、有上坡、有大磐石。

以防被埋葬的人從那裡回來。

以防這世間的條理被扭曲。

在衷心祈禱、虔誠請願之下，人決定了界線。

不斷撕裂天空的閃光，越來越紅。

昌浩打了個寒顫。

紅光。場所不一樣，卻讓他想起了奧出雲。

比古和多由良有沒有乖乖待在宅院裡呢？他們兩個都身負重傷，卻不太願意讓人看到傷勢。

不知道能不能拜託姥姥，稍後幫他們唸咒語、給他們吃那個粥。應該可以，姥姥和鄉人對受傷的人都不會見死不救。

也許之後會要求他們傳授什麼九流之術，但是，當成一種代價，也不是太過分的要求。

對了，以前有隻狼在出雲受重傷，嚴重到沒死才奇怪。

是哪匹狼呢？

「唉，算了……」

總之，雖然用很多東西作為交換，但是，換來了昌浩現在平安活著，可以自由行動。

昌浩對自己施加了暗視術。雷光閃爍，把眼睛閃得很疲累，紅色殘影在眼皮底下蠕動，感覺很不舒服。

喘口氣時，吹起了風。

「——」

昌浩停下腳步。

現在應該是置身森林正中央附近。

茂密的樹葉交錯重疊，儘管劇烈的雷鳴不斷，隨後到來的閃光還是在降臨地面之前就被阻斷了。

所以，眼前一片漆黑。

「……」

悄然無聲。

昌浩豎起耳朵傾聽。

吹著風，卻沒有起風的聲響。

他試著捂住一隻耳朵。難道是接二連三的雷，對耳朵造成了傷害？

然而，捂住的左耳清楚聽見了自己的心跳和皮膚的摩擦聲。

他放下捂住耳朵的手，再次磨亮聽覺。

……吥鏘。

昌浩挑動眉毛。

那個水聲是從極深處傳來。

不會吧。

就在他屏住氣息的瞬間，周圍的黑暗捲起了波浪。
潛藏的沉滯向上延伸、翻騰、捲起波濤，襲向昌浩。
「污穢……！」
混在黑暗裡的沙粒般大小的幾萬、幾十萬張臉，追上往後跳開的昌浩。
凝視昌浩的那些臉溶化不見了，像海嘯般的塊狀物，分裂成人類的大小，往四處噴濺。
邊拚命閃躲那些攻擊邊奔跑的昌浩，聽見背後響起的異樣咆哮聲，不禁回過頭看。
人類大小的無數妖怪追著昌浩跑。
昌浩結印大喊：
「嗡、阿比拉嗚坎、夏拉庫坦！」
高舉刀印，尋找妖怪群最薄弱的地方。
「縛鬼伏邪、百鬼消除。」
最前列被法術絆住腳，整列倒下。妖怪們毫不在意地踩扁它們，追逼過來。
「臨兵鬥者，皆陣列在前！」

昌浩揮下高舉的刀印。

妖怪群發出巨響被拋飛出去。

但是，又從那後面湧上來更大的波浪。

昌浩咂咂嘴，衝出去。這樣打下去，自己會先筋疲力盡。

察覺不只後面，左右也有妖氣逼近，昌浩打了個寒顫。

這個菅生鄉是神祓眾們的根據地，到處都施加了各種法術，可以說是用盡所有對策，防止妖魔鬼怪靠近。

都做到這樣了，離鄉里這麼近的這座森林，怎麼會出現這麼多妖怪呢？

神的守護消失不見，也是剛剛發生的事。發現這件事後再聚集過來，動作也太快了。

「它們到底是從哪來的……」

要穿越森林了。

被樹木、樹葉阻擋的閃光，就在跨出森林的瞬間刺向了眼睛。

昌浩反射性地閉上眼睛，甩甩頭。

妖怪的氣息逼近背後，伸出來的爪子抓到了綁頭髮的繩子。

繩子噗滋應聲斷裂，頭髮被風吹得四散。
昌浩蹬地翻滾，再彈跳起來，高舉刀印。
「裂破！」
差點追上來的妖怪們，被往後拋飛出去，把同伴們都捲進去，整團瓦解崩潰了。
昌浩沒回頭看那個光景，重振姿勢繼續往前跑。
神祓眾們的墓地就快到了。
充斥周遭的沉滯波動，纏上了腳。
被無形的東西絆住腳踝的昌浩，向前撲倒。
沉滯的波浪抄起他的另一隻腳。
失去平衡，雙手交叉護住臉的昌浩，一頭栽進了沉滯裡。
像水一樣增加了厚度的沉滯，漸漸把昌浩吞進去。
「……！」
——伏願此處守護之神，現身降臨此座，縛住邪氣惡鬼。
昌浩全心全意在內心唸誦。
——謹請天照大神，擊退邪氣妖怪。

眼看著就要把昌浩完全包覆的妖怪們，被從昌浩體內迸射出來的神聖波動彈飛出去。

昌浩使盡全力站起來，抹去黏在臉上的沉滯，高聲怒吼：

「天之雙手捆綁、結以地之雙手、天地陰陽行神變通力！」

如海嘯般從四面八方湧上來的妖怪，淹沒了昌浩的身影。

「臨兵鬥者皆陣列在前！」

碰到昌浩的妖怪們的身體崩潰瓦解。

昌浩高舉刀印，全心全意怒吼。

拜託了。

「電灼光華、急急如律令——……！」

烏雲正中央產生龜裂。

把雲劈開的刺眼的光的湍流，捲起漩渦，化為雷劍，對著昌浩砍下來。

包圍昌浩的妖怪們，觸及雷劍立刻瓦解，煙消雲散。

把妖怪連同沉滯的海嘯一起捲起來的光的波動，劇烈翻騰，如白色火焰般燒光了所有一切。

光消失後沒多久，轟隆聲震耳欲聾。

猛然蹲下來摀住耳朵的昌浩，挑起眉毛嘀咕。

「我會打得這麼辛苦……」

把沉滯燒燬的白光，讓他想起了白色火焰龍。

「都怪小怪不在這裡！」

他知道這是遷怒。但是，應付接連不斷降臨的困境，身旁、肩上沒有那個白色怪物，就會體力不支。

「但是，」昌浩癱坐下來喘口氣，再按著膝蓋站起來，心想：「對不在場的人發牢騷也沒用。」

光站起來，呼吸就變得急促。靠姥姥的粥和咒語，身體幾乎復原了，卻又被那些妖怪的妖氣和污穢的沉滯消耗光了。

風拍打著昌浩的臉。

昌浩抖動眼皮，巡視周遭。

他看到了界線的河川。

隱約可以看出來，以那條河為界線的此岸與彼岸的風，性質不同。

想到有勾玉就能看得一清二楚，他的心不由得焦躁起來。

原本想等稍微平靜後再去道反聖域，但是，想得太簡單了。根本沒有平靜的閒暇時間。必須想辦法找到空檔，與道反的女巫聯繫，取得彌補靈視能力的石頭。

剎那間的遲疑，會成為致命傷。

昌浩探索周遭。

全力召喚的神，是守護這個地方的神。但是，剛才那一擊已經把那個力量全用完了。

借用天照大御神的力量，勉強讓雷擊劈落下來了，但是，已經沒有自信能貫穿那麼厚的雲了。

紅色閃電四處奔馳，不斷發出轟隆轟隆的恐怖咆哮。

以前，雲曾經是數千萬的虫。如果那些烏雲是污穢沉滯而聚集在天上的污穢凝聚體，那麼，那個雷每響一次、紅色閃電每閃一次，不是都會奪去生命體的精氣嗎？

這個想法閃過腦海，昌浩不禁毛骨悚然。

指尖發冷，呼吸急促。

即使是陰曆五月的夜晚，冷成這樣也不正常。

……呸鏘。

「唔……！」

昌浩的背部哆嗦戰慄。

環視周邊的眼睛，停在河川前的沉滯深處。

「比古……？」

成排的樹木應該是墓地的圍籬。

瞬間，他好像瞥見陰影處有個人影。

河面不寬但水流湍急的界線河川沒有搭橋，是用刻有除魔圖樣的腳踏石代替橋。以前聽說過，為了預防被水沖走，是選出又大又重的石頭，使用法術搬運過來的。

大的石頭，本身就有除魔的力量。大磐石會被當成神體祭拜，就是因為裡面有神棲宿。

走過腳踏石來到彼岸的昌浩，發現風的性質一越過界線就變了，不禁毛骨悚然。

「這是……」

這是黃泉之風。

與污穢的沉滯不同，是那個世界的風。

是哪裡的瘴穴被鑿穿了呢？到底是哪裡？

就在他大驚失色的瞬間。

《……一……二……》

微弱的歌聲夾雜在雷鳴中傳來。

然後，深邃的黑暗降臨昌浩周邊。

◆　◆　◆

與鄉人和母親山吹待在宅院裡的時遠，看到被夕霧背回來的冰知，驚訝地跳起來。

「冰知！」

經過治療的地方，又滲出了新血。

低聲尖叫的山吹，慌忙跑去拿藥和布。

「我去帶姥姥來！」

夕霧瞄一眼飛奔出去的鄉人，把冰知背到宅院裡面。

經過比古住的房間時，發現裡面沒人，但是，他現在沒時間管這件事。

讓冰知躺下來時，山吹抱著藥箱和布過來了。

「我去汲水。」

為了不擋到又出去汲水的母親，時遠移到角落，暗自思忖。

螢、多由良、比古、昌浩都不在。

聽鄉人說，雷劈中了神社。雷是天滿大自在天神的神威，為什麼會落雷呢？

而且。

時遠想起了一件事。

自己的父親時守，也被當成神供奉在守護當地的神社裡。

夕霧回來了，為什麼螢沒有回來呢？比古不在，那麼，多由良一定也跟他們在一起，為什麼冰知會受那樣的重傷呢？

出事了。發生了非常可怕的事，只是自己不知道而已。

年幼的時遠，心中湧現壓抑不住的焦躁。

「我必須去找她……」

去找螢。

不知道為什麼，就是那麼想。非去找她不可。

因為自己將會成為神祓眾的首領。

雖然自己還小、什麼都不會，一直被保護著。

但是，自己必須保護這個鄉里、保護螢。

在水桶裡汲滿水的山吹，抱著很多新的布回來。

「夕霧大人，拿去。」

兩人先用浸水後擰乾的布替冰知擦拭鮮血，再把止血和止痛的符貼在綻開的傷口上，唸誦咒語，最後把布蓋在上面。

身為神祓眾的山吹，也會使用陰陽術，只是程度不及螢和夕霧。

時遠悄悄望向室內，看著母親和夕霧忙碌的樣子。

全心全意治療冰知的兩人，都沒有注意到時遠。

緊緊抿住嘴唇的時遠，轉身走開了。

◆　◆　◆

10

越過圍籬的比古和多由良，呆呆杵在原地。

無數的妖怪占滿了墓地。

原本整整齊齊的墓地變得慘不忍睹，被似人非人的奇形怪狀的妖怪踩得亂七八糟。

「是傀儡……」

同時轉頭望向比古的妖怪們，模樣就像在阿波見到的，攻擊過比古的柊眾的身軀的最後慘狀。

比古的心臟咚咚狂跳。

他知道這些妖怪。

是用土塊做出形狀，再灌入暫時的生命。然後，就會像有生命的東西一樣動起來。

稱為魑魅。

只有九流族能做出魑魅。

九流族已經滅亡，只剩下比古和多由良。現在只有他們兩個可以使用這個法術。

比古一直以為是這樣。

直到幾天前在阿波見到了魑魅。

魑魅的妖怪們向兩邊站開。

多由良驚訝地瞪大了眼睛。

魑魅們的後面有兩個身影。

其中一個的手裡，抱著嬌小的少女。失去意識向後仰的喉嚨，白得非常醒目，看起來就像死人。

然後，另一個是……

多由良哆嗦顫抖著張開了嘴巴。

「真……鐵……」

帶領魑魅的男人，對呆呆看著自己的狼冷笑。

那個眼神冷酷到讓多由良縮起了身子。

「多由良——」

旁邊的比古抱住了狼的脖子，像是要訴說什麼。

多由良緩緩搖著頭。

它知道，那不是他，它都知道。

但是，為什麼還是覺得開心呢？

它不知道為什麼、不知道該怎麼辦才好。

無以名狀的強烈、狂亂的情感油然而生，淚水從多由良張不開的眼睛流下來。

「那不是真鐵，多由良。」

狼想用力點頭，脖子卻不聽使喚。

它拚命告訴自己，所有刻劃在身上的傷痕，都是那個男人造成的，卻還是止不住淚水。

即使是一根頭髮也好、一片骨頭的碎片也好，如果能確認，他們就一定、一定、一定能死心。

所以，要再見一次。
原以為是那麼想。
事實擺在眼前，才知道只是想那麼想而已。
要再見一次、要再見一次。
真鐵。真鐵。真鐵。真鐵。
「我們想見到的，不是你……！」
智鋪祭司對邊哭邊吼的狼，嘲笑似地說：
「但是，看到這個身體在動、聽到這個聲音，還是無比開心吧？」
「才……」
它想說「才沒有」，但卡在喉嚨，說不出來。
因為那的確是真鐵的聲音、是真鐵的臉。
「智鋪……」
低吼聲傳入了多由良的耳朵。
比古抱著多由良的脖子，咬牙切齒地說：
「我不會放過你，無論如何，我都會殺了你。」

祭司咯咯吃笑，抬起下巴發出指令。

魑魅們立刻像波濤起伏般動了起來。

哄然哈哈大笑的魑魅群，如雪崩般滾滾而來。

「要怎麼殺我？」

從祭司嘴裡吐出來的話，直接傳到了比古腦裡。

那個身體明明已經死了啊。

「你……！」

過度的憤怒讓比古感到暈眩，呼吸困難，喘氣喘得喉嚨不斷抽動。

加速的心跳彷彿逼迫著比古。

魑魅們把比古和多由良團團圍住了。

比古蹲下來，抓起土大叫：

「魑魅……！」

大地陡然波動。

地動天搖，捲起沙土，凝聚成比樹齡數千年的杉木更高大的身軀，高舉著鐮刀般的脖子。

祭司也不禁瞪大了眼睛。

「喔……大蛇啊。」

離出雲那麼遠，能做出一個大蛇的頭就很厲害了。

九流族直系的力量果然強大。

反過來說，這個身體容器果然只是旁系。可以做出那種大蛇的靈力，以及大蛇神的神威，都不會轉移依附到這個身體上。

向上攀升的大蛇張大嘴巴，把那些不成人形的東西咬得七零八落，一個個消滅。

被折斷、咬碎的魑魅們，身體化為土塊，劈哩啪啦崩裂散落。

但是，新的土又在作為核心的人骨上聚集，逐漸成形。比剛才更奇怪，連人都稱不上的塊狀物，一個接一個產生，逼向比古和多由良。

多由良呆呆看著它們。

那些都是以前活著的神祓眾的軀體。

祭司現在的行為，是在玷辱在界線彼岸安息的人們。

雷鳴轟隆作響，劈落紅色閃光。

大蛇咆哮起來。掩蓋咆哮的雷鳴響徹雲霄，緋紅的閃電貫穿了大蛇的頭。分成好幾道的閃電，把又長又大的蛇體劈斷、炸毀。引發爆風。

「……唔！」

用來做成大蛇的土塊如大雨般傾盆而下，狠狠砸在比古和多由良身上，壓住了他們。

快失去意識前，比古聽到微弱的歌聲。

《……二……三……》

在黑暗中排成長長一排的鬼群浮現腦海後，比古就什麼也看不見了。

趴在比古身上擋住土塊的多由良，被人頭大小的大石頭擊中背部，發出了呻吟聲。

前腳彎了。不斷掉下來的土沙，漸漸積滿全身。但是，它咬牙撐住，以免壓到比古。

它移動僅有一邊的視線，看到祭司和魑魅男。

螢靜止不動。

起初以為她昏倒了，但仔細一看，她的眼皮是張開的，只是裡面的眼眸動也不動。

所有感情都從那張臉上消失了。

到底發生了什麼事？

土沙停止掉落，迷濛飄盪的飛塵也被風吹走了。

魑魅只剩一個，其餘都消失了。魑魅粗暴地放下螢，掐住她的脖子。

◆　◆　◆

伸手不見五指的黑暗無限延伸。

昌浩努力壓抑動不動就急促起來的呼吸。

他知道自己被拖進了某個地方。

「……」

聲音噗通噗通大到吵死人的快速心跳，讓昌浩感到焦慮。

他細細長長地吸口氣，閉上眼睛，讓感覺更敏銳。

經過很久終於看得見了，所以太過倚賴眼睛，這樣不行。

看得見的東西，說不定是故意讓自己看見的。

真正的模樣，一定是在眼睛看不見的地方。

黑暗中有蠢動的氣息。吹來的風，是又冷又重的黃泉之風。

響起微弱的波浪聲。

昌浩屏住氣息，悄然張開眼睛。

眼前一片翻湧的波浪。

從遙遠的彼方，傳來那個歌聲。拂過耳朵的歌聲，一定是來自帶領喪葬隊伍的女人。

飛沫啪吵打在昌浩臉上。

水沿著臉頰滴落的水面上，有金色光芒裊裊搖曳。

「那是什麼……？」

是小小的光芒。
他定睛一看，發現那光芒並不小，只是沉落在很深很深的地方，所以看起來小。
小小的光芒像是星星的形狀。他無意識地數起芒數，共六芒。
「是竹籠眼……」
看起來小的竹籠眼裡，好像有什麼東西。
昌浩彎起膝蓋，想把臉靠近水面。這時候，突然捲起大浪，把昌浩拖進了水裡。
波浪絆住他的腳，把他往水裡越拖越深。
不可思議的是，呼吸並不困難。明明在深水裡，卻不知道為什麼可以呼吸。
沉落到比黑暗更漆黑的深淵底部的昌浩，看到兩個漂浮搖擺的竹籠眼。
竹籠眼裡有人影。
昌浩猛然想起，螢以前曾經被關在竹籠眼裡。
對，竹籠眼是籠子。
「……！」
知道那是什麼的瞬間，昌浩倒抽了一口氣。
兩個竹籠眼裡都關著人。

一個是將近壯年、臉部細長帶著威武的男人。是沒見過的人。

另一個是昌浩認識的人。

活著的時候沒見過，但是，昌浩認得他死後變成禍神的模樣。

「小野時守……」

呆呆低喃後，昌浩瞪大了眼睛。

竹籠眼是籠子。

被關在裡面的人，一個是小野時守。

那麼，另一個難道是……

被落雷擊得粉碎的神社，閃過昌浩腦海。中心被鑿出一個大洞的神域，完全失去了原本盈滿的神氣。

消失的神去哪裡了？

冰知無法召喚神，神沒有降臨，是因為……

「神……在這種……地方……」

因為有人使用竹籠眼的籠子，把天滿大自在天神和小野時守，封印在最盡頭的水底。

究竟是誰做了這種事？

「必須趕快放了他們。」

失去神的加持，山上的氣會一舉湧入菅生鄉。

昌浩毛骨悚然。那個地方污穢沉澱，妖怪開始聚集，若是再從山上灌入強力的氣，不知道會發生什麼事。

他無法想像。

只知道絕對不會是好事。

「要怎麼解開呢？」

伸出手要碰觸籠子的昌浩，被雷電般的衝擊阻擋，彈飛出去。

「哇！」

在水裡骨碌骨碌翻轉著飛出去的昌浩，剎那間意識模糊。

好不容易才重整姿勢，甩甩頭，望向竹籠眼，就看到兩個竹籠眼的前面有個人影。

不知道是什麼時候出現的，那個人把破破爛爛的黑衣從頭頂披下來，看不見他的臉，但是，從體格可以知道是個男人。

一定是那個男人做出了竹籠眼。

可以封住天滿大自在天神——菅原道真神，和小野時守神兩柱神，可見是個很厲害的術士。

在觸摸到竹籠眼的瞬間啟動的那個防護牆，似乎也是敵人接近時才會啟動的巧妙設計。

剛才碰觸到防護牆的那隻手還在發麻，手指到處龜裂。

要袚除還纏繞在手掌心的靈力時，昌浩不由得吞聲屏氣。

好強烈的靈力。擁有這種力量的人，想必不多。

「……」

為什麼呢？

心臟突然狂跳起來。

他沒辦法眨眼，甚至忘了呼吸。緩緩抬起視線，目不轉睛地盯著站在竹籠眼前面的術士。

在波間漂蕩的竹籠眼，搖啊搖地擺動著。

男人披著的衣服，也搖啊搖地搖晃著。

擁有這等靈力的人，絕對不多——雖然不多，但昌浩認得他們。
不但認得，還可以馬上想起好幾個人的臉。
心臟噗通噗通跳動。
不可能。
自己怎麼會認得纏繞手上的這股靈力呢？
八成是哪裡搞錯了，只是自己搞錯了。
一定是、絕對是，當然是。
要不然，站在那裡的就是——。
「不可能……」
拜託了，誰都行，告訴我不是他。
「走開——」
「唔……！」
嚴厲的聲音殘酷地撕碎了昌浩的心。
衣服搖啊搖啊地搖晃著。從披著頭的衣服的裂縫微微露出來的臉，昌浩不可能認錯。

他思緒混亂，猛搖著頭。

「為什麼……為什麼把神封了……」

剎那間。

竹籠眼後面有個白色的東西微微飄動。

那是個把破破爛爛的衣服從頭披下來的女人。

她伸出晶瑩白皙的手指，扯落術士披著頭的衣服，再勾住他的脖子。

昌浩慘叫似地吶喊：

「哥哥……！」

女人把手滑到冷冷看著昌浩的成親的肩膀，在披著頭的衣服下開心笑著。

無法相信的昌浩要衝過去時，手腳被看不見的鎖鏈纏住了。

「哥哥！為什麼、為什麼……！」

成親沒有回答。

女人的背後有無數的鬼，那是黃泉的喪葬隊伍。

吹起了黃泉之風。

女人在成親背後舉起的手裡，有隻翩翩飛舞的蝴蝶。

那是魂虫。誰的？不會吧？

成親面無表情。能做出竹籠眼的術士不多，所以⋯⋯

是這樣嗎？

「哥哥！請等一下，我來⋯⋯！」

他想說我來救你，喉嚨卻不聽使喚。

無數張臉蜂擁而上，淹沒了從伸出去的手滴下來的血。

纏繞全身的沉滯堵住了喉嚨，讓他無法呼吸。

想叫卻叫不出來，伸出去的手也構不到。

「──⋯⋯！」

昌浩的耳朵聽見了不成聲的慘叫。

◆　◆　◆

尖銳聲劃破了風。

「──」

昌浩猛然回過神來。

這裡是通往菅生鄉墓地的越過河川後的彼岸。

他身體僵硬，動彈不得。他肌肉緊繃、抖個不停，嘴唇顫動，眼角發熱。

好想當成是一場夢。

一定是被那個黑暗包圍，產生了邪惡的幻象，一定是。

要不然……

昌浩因恐懼而顫抖的肩膀上，停著一個白色的東西。

他移動視線確認，發現是一隻白鳥。

「是式……」

是祖父安倍晴明放的式。

把顫抖的手指伸向鳥，那個形體就化成光瞬間消散了。

同時，好幾個情景嘩地流入昌浩心裡。

有吐出血和白色蝴蝶後昏倒的脩子、有用自己的生命替代魂線的風音、有受到打擊的藤花的模樣、有蔓延全京城的咳嗽和發燒的死亡疾病。

在竹三条宮工作的侍女菖蒲，是套著人皮，巧妙布下天羅地網的鋪路人。

是黃泉醜女、是泉津日狹女。
昌浩的心臟噗通噗通狂跳起來。
想起帶領黃泉喪葬隊伍的絕世美女。
「那個聲音……」
想起聽過好幾次的數數歌。
菖蒲的聲音與那個女人的歌聲完全相同。
昌浩愣愣地張大眼睛，身體搖搖欲墜。
那個女人手上的白色蝴蝶，如果是脩子的魂虫，那麼表示……
「黃泉之門……打開了……？」
泉津日狹女唱的數數歌，在昌浩耳邊響起。
那麼，成親並不是被奪走魂虫後，被當成宿體使用？
那麼，成親跟泉津日狹女在一起，是自己的意志？
為何？為什麼？哥哥那麼做，是在想什麼？
一次發生太多事，打擊太大，昌浩無法思考任何事。
也不知道自己為什麼在這裡。

「我為什麼在這裡呢……」

低喃聲因淚水而顫動。他想用僵直、不停顫抖的手指，撥開貼在額頭上的頭髮，卻怎麼也撥不開。

就在他忍不住想大叫時，有個小小的身影，從他身旁跑過去。

他的眼睛無意識地追逐那個身影。

「時遠……？」

小野時遠頭也不回地往前跑。

昌浩這才想起前面有什麼，倒抽一口氣。

前面是神祓眾的墓地。

「螢……」

他把混亂的思考集中起來，猛然蹬地起跑。

11

◆　◆　◆

在黑夜完全降臨時，龍鬼才回到竹三条宮。

忐忑不安地等著龍鬼回來的猿鬼和獨角鬼，為了不吵醒睡著的藤花，移到屋頂上說話。

「結果貴船的祭神怎麼說？」

龍鬼對催促的猿鬼邊點著頭邊露出複雜的表情。

獨角鬼看到它那個樣子，不安地蹙起眉頭。

「不行嗎……？」

畢竟貴船祭神向來是看心情做事。

祂不想做的時候，即使是欣賞的人類的請託，祂也連聽都不聽。
龍鬼摘下掛在胸前的辟祓除，愁眉苦臉地呻吟起來。
「唔唔……」
額頭上的眼睛呆滯、一臉嚴肅的龍鬼扭動著身軀。
等著答案的兩隻急躁到齜牙咧嘴。
「到底怎麼樣嘛。」
「阿龍，你快說啊。」
「唔唔……該怎麼說呢……」
「啊?!」
兩隻同時出聲恫嚇，逼近龍鬼。
龍鬼抱著頭，好不容易才開口說：
「我……我也不太清楚……」
「蛤？」
對於同伴的反應，龍鬼合抱雙臂說：
「因為無論我怎麼等，祂都不吭一聲，最後還把我噓噓趕走。」

即使這樣，龍鬼還是死纏爛打，最後被祂超冷酷的眼神一瞪，還是忍不住全身發抖，垂頭喪氣地下山了。

但是，貴船的祭神並沒有說「不」。

沒有駁回龍鬼冒死提出的請求。

那麼，會答應這個請求嗎？

事情可能進行得這麼順利嗎？

因為不知道，龍鬼才會一直呻吟。

聽完概略過程後，猿鬼和獨角鬼也合抱雙臂嗯嗯沉吟。

很想假設祭神一定會幫他們做什麼，但是，不知道是否真能幫得上忙。

至於怎麼樣才算幫得上忙，三隻也不知道。

「接下來會怎麼樣呢……」

不知道誰說了這句話，但誰也沒回答。

小妖們彼此互看一眼，深深嘆了一口氣。

◆　◆　◆

叮鏘……。

水聲一次又一次在耳邊響起。

件在那裡。

件在某處看著。就那樣，不斷重複預言。

哥哥，快點。要不然，我一定會親手殺死那孩子。

螢靜止不動的眼眸，沒有看著任何地方。

掐住脖子的手冷得像冰一樣，她也沒有察覺。

有著時守的臉的男人，眼底映著那個妖怪。

件張開嘴巴，就會再次宣告預言。

我不想再聽了。

我不想再讓那個言靈、那個預言、那個咒語，困住我的心，折磨我。
顫抖的眼眸亮起微微的光芒。
螢的眼睛看到的，是有著時守的臉的男人的身影。
時守的手將會拯救螢。
沒事了，因為哥哥來帶螢走了。
我一直希望再見哥哥一面、再聽一次哥哥的聲音。
這個願望會扭曲這世間的條理。
但是，即使會扭曲，她還是真心這麼希望。
所以，時守的手現在這樣掐著自己的脖子，就是願望實現的證據。
漸漸不能呼吸了，不可思議的是她卻不覺得痛苦。
一直折磨著她的預言就要結束了。
可以不輸給預言，終結這件事了。
如果可以藉由哥哥的手終結這件事，那麼，沒有比這更開心的事了。
淚水從螢的眼睛流下來。
在闔上眼皮之際，螢卻聽見了呼喊自己的聲音。

「姑姑……！」
螢的身體一陣顫動，張開了眼睛。被叫聲吸引的視線，看到哭著跑過來的時遠。
「姑姑……螢……！」
時遠正奮力跑過來。她犧牲這條命都在所不惜的那個心愛的生命，正往這裡跑來。
她一直、一直很珍愛他，像珍愛寶物般愛他、疼他。
愛到如果會殺死他，寧可自己被殺死。
螢屏住了呼吸。
視野角落掠過一個男人的身影，他高高舉起了握在手裡的劍的劍尖。
男人瞄準了目標，在他視線前方的是——。
「……！」
原本已經放棄一切的螢的心，在那個瞬間燃起了火焰。
與其讓那孩子死去，我寧可……
那股僅剩的力量究竟來自哪裡，她自己也不知道。
她揮開時守的手，推開他，踉蹌地往前跑，從那個男人身旁越過，把時遠緊緊摟進懷裡。

就在響起劍揮下來的破風聲時，螢的耳朵捕捉到皮開肉綻的聲響。
沒有痛感。懷裡暖暖的身軀，是她所有的一切。
「……」
她抱著時遠蹲下來，鬆了一口氣。
啊，太好了。
這樣預言就會放過自己了吧？
生命到此結束，就不會親手殺死這孩子了。
所以——
「傻瓜，別哭了……」
螢竭盡全力以溫柔的動作安撫滿臉是淚的孩子。
從某處傳來昌浩的聲音，叫著螢的名字。
太好了，昌浩來了，這樣時遠就安全了。
因為昌浩是比自己更有能力的陰陽師。
「……」
啊，眼睛模糊了。

意識漸漸沉入了黑暗深淵。

「……——」

有聲音。

是誰的聲音？

「急急如律令！」

刀印伴隨著怒吼聲揮出，智鋪的祭司與魑魅被拋飛出去。

但是，智鋪的祭司翻個身，露出獰笑，躲進了黑暗裡。

魑魅踉蹌搖晃，四分五裂地解體潰散了。

昌浩奔向螢。

背部從肩膀被斜斜砍傷的螢，仍然緊緊抱著時遠。

瞬間擴散的鮮血，彷彿在告知螢的生命即將凋零。

「螢……」

昌浩顫抖著叫喚她，她就突然放鬆了手的力量，放開了時遠。

「妳怎麼會……這樣……」

昌浩不知道。

不知道螢一次又一次重複聽到件的預言。

冰知、比古也不知道，只有夕霧知道。

如果昌浩知道，會第一個告訴螢，件的預言是名為預言的詛咒。

但是，因為不知道，所以沒有人告訴螢。

最後造成了遺憾。

沒有人知道螢被逼到這種地步的原因。

少女的肌膚失去血色，看得出來死亡的顏色正逐漸擴散。

螢原本就是靠停止成長的法術，在延續所剩無幾的壽命。

但是，心被逼到絕境，又受了這麼嚴重的傷，那個法術已經失效。

「振作點，螢，不可以！」

儘管如此，昌浩還是不放棄。

他幫螢治療傷口，拚命唸止血的咒語。

「……」

淚水盈眶的時遠，眼睛眨也不眨地看著被死亡陰影染遍全身的螢。

螢就要消失了。

她的生命燭火越來越微弱，宛如飛來飛去的螢火蟲，將在一夜死去。

啊，現在，最後的一點點將要——。

「……」

手自己動了起來。時遠把手放在螢的胸口，張開了顫抖的嘴唇。

「螢——」

淚如泉湧，止也止不住。

——我的後裔啊，有個言靈跟名字一樣，像你這麼小的孩子也能輕易使用。

「……一……二……三……」

——數數歌光唱就能除魔，或是施咒。

妳不可以走。妳不可以死去。妳必須留在這裡。

——年幼的你，也會唱數數歌吧？

「五……六……七……八……九……十……」

言靈響起。

神祇眾下一代首領唱的數數歌，把即將離開的魂留住，繫在了體內。

昌浩是唯一目擊這一幕的人。

「百千……萬……」

言靈響徹境界岸邊——。

◇ ◇ ◇

在過半夜時。

位於安倍宅院東北處的生人勿近的森林，有道神氣降臨。

十二神將天空抬起眼皮，啞然盯著突然降臨的強烈神氣的主人。

「高龗神……」

以人形現身的貴船祭神，瞥一眼躺在地上的神將們，倏地舉起右手。

一道光芒聚集在柔美的手上，瞬間，皓皓的火焰神氣蜿蜒而上燃燒起來。

想到那是什麼的天空，瞠目結舌，倒抽一口氣。

「……！」

高龗神瞥一眼白色怪物，把火焰漩渦隨手往下揮出去。

怪物的身體被火焰包住，看不見了。

「騰蛇……！」

連天空都大驚失色，緊接著，爆發出強烈到令人難以置信的灼熱神氣。

天空緊急布下的防護牆，鎖住騰蛇的神氣，直升到天際。

壓不住的爆風，以生人勿近的森林為中心，向四面八方擴散，吹走了附近一帶的污穢。

高龗神的頭髮被火焰鬥氣吹得飄揚起來。

貴船的龍神跟來的時候一樣，一眨眼就飛走了。

被性質不同於以往，而且變得更強烈的灼熱鬥氣纏身的十二神將騰蛇，察覺纏繞在自己身上的神氣是什麼，大叫起來：

「軻遇突智……！」

竟然是殺死過自己一次的那個火神之焰。

那是莫大的力量漩渦，用來彌補完全枯竭的十二神將的最強神氣，還綽綽有餘。

軻遇突智的火焰是龐大的神氣，把十二神將勾陣的魂搖醒，用力拉上來。
就在此刻，當時聽見的聲音也清楚浮現。

不行。不要聽他說。不可以聽。
那個男人總是帶來絕望。

『——兩年。』

不要聽。我們無法承受。毫無辦法。

不行，不要聽。

『你繼承人的壽命，只剩兩年——』

不要聽，晴明——。

後記

各位，讓你們久等了。

這是少年陰陽師第十篇《嚴靈篇》的第一集。

因為是新篇章的開始，所以先來看看久違的人物排名。

第一名是十二神將勾陣，第二名是安倍昌浩，第三名是怪物小怪。

以下依序是紅蓮、太裳、晴明、玄武、六合、冥官、年輕晴明、敏次、太陰、小妖們、橘融、青龍、螢、章子、嵬、成親、岦齋、車之輔、若菜、比古、脩子、結城、ＡＳＡＧＩ老師。

有段時間沒計算了，所以會覺得票數很分散。在這之中，四名鬥將的一點紅，也就是僅次於最強的第二強，把怪物小怪、紅蓮、昌浩都拋在後面。小怪與紅蓮的票數加起來，也比不上勾陣。他們能不能反敗為勝呢？

在淡然排列的人物當中，有個會讓大半讀者納悶「是誰……？」的可疑人物。對，就是橘融，他沒有出現在《少年陰陽師》裡。不對，有出現在非賣品的故事裡，但主線或番外短篇集都不見他的身影……不對，等等，好像冥官偶爾會回想起與他相關的事？

是的，橘融出現在《篁破幻草子》（全五集，是很久以前的系列，所以很難拿到紙本書了，但電子版正熱銷上架中），是冥官還是人類時的相關人物。

因為姓橘，所以回頭去找，應該會在某處與若菜相連結，但是，沒有在《少年陰陽師》出現過。這次投票會有他，最驚訝的是我。

太久遠、太不成熟、有太多地方會刺痛我的心，所以沒辦法重讀的《篁破幻草子》第一、二集，老實說，我有重寫的野心。此外，也想寫《篁破幻草子》的新故事，把冥官還是人的從前與變成鬼之後的現在沒多大差別的模樣，呈現給各位讀者。啊，不過，現在幾乎是毫不留情……

對了，從前幾集開始，改由伊東七生老師負責插畫，責編也從這一集開始換人了。

從一起製作《少年陰陽師》的初代責編N崎算起，這是第六代了。

所以，第六代請出場！

第六代：「有！我非常懷疑，我等之輩該不該這樣大搖大擺地出來。不過，基於禮儀，我還是想跟各位讀者打聲招呼！我是新責編S濱，請大家記住我！」

光：「嗯，會記住的。」

第六代簡稱S：「負責這麼長的系列，讓我非常緊張。每天都很認真在想，怎麼樣的企劃才能讓讀者開心。最好的辦法，就是請結城老師寫、寫、寫、寫、寫。」

光：「喔、喔。」

S：「在您寫、寫、寫、寫更多之際，我也正在思考番外篇等特別企劃，不知道這樣能不能滿足各位讀者。」

光：「喔，呃，商量一下吧。」

S：「啊，結城老師請放心！關於進度，我會盡可能縝密安排，朝填滿所有縫隙的方向努力！」

光：「說得也是，因為不只《少年陰陽師》，還有《陰陽師安倍晴明》、《吉祥寺所有怪事承包處》、《派遣陰陽師》等其他預定。」
S：「是的！每完成一項，就去吃美食吧！」
多麼優秀的責編啊，充滿了熱情與積極性。
感覺第十篇甚至更之後的作品，都會比這之前進行得更順利。

雖然冥官說了那樣的話，但是，這個進展是在寫珂神篇時就已大致底定的概要，所以，我還是有「終於進展到這裡了」的無限感慨。
不過，內容似乎比原計畫更嚴酷、更絕望，有種故事真的是活生生的東西的深刻感覺。不論是第十篇章或更之後的作品，我都會全力駕馭這個活生生的東西，不論這個東西如何橫衝直撞，我都會緊握韁繩直到最後一刻，不被甩下去。

這本嚴靈篇第一集，是《少年陰陽師》系列的第五十一本（《歸天之翼》是外傳，所以，以集數來說是第五十集）。

時間隔得有點久可能也是原因之一，真的是難產，不得不延後其他種種預定，給各個地方添了極大的麻煩。

開始邁向結局的作業，會比擬定新作更花力氣。

但是，因為有機會暫停腳步思考種種事情，讓我更明白自己有多愛這個故事、有多珍惜這個故事。

因為大約理出了頭緒，所以終於能寫跟初代責編N崎女士約好的新作了。

舞台是現代，標題是《派遣陰陽師》。感覺跟當初想的不太一樣，好像會變得比較有趣。如同把燒製好的盤子摔碎的陶藝家那樣，我也把之前寫的東西全部作廢了，所以，之後再創作出來的東西，一定會更有趣，應該會吧……

嚴靈篇第一集如何呢？

請寫信告訴我感想。

用ＳＮＳ寄給我的感想，我也會很感恩地閱讀，但是，親手寫信寄來的感想還是最特別的。

說不定，言靈不只存在於聲音，也存在於文字。

也期待各位對人物排名的投票。

那麼，下一本書再見了。

結城光流

國家圖書館出版品預行編目資料

少年陰陽師．伍拾壹，百鬼覺醒／結城光流著；涂愫芸譯．-- 初版．-- 臺北市：皇冠，2021.03
面；　公分．--（皇冠叢書；第 4920 種）（少年陰陽師；51）
譯自：少年陰陽師 51：境の岸辺に甦れ

ISBN 978-957-33-3671-6（平裝）

861.57　　　　110001340

皇冠叢書第 4920 種
少年陰陽師 51

少年陰陽師——
百鬼覺醒

少年陰陽師 51
境の岸辺に甦れ

SHONEN ONMYOJI Vol. 51 SAKAI NO KISHIBE NI YOMIGAERE
©Mitsuru Yuki 2016
First published in Japan in 2016 by KADOKAWA CORPORATION, Tokyo. Complex Chinese translation rights arranged with KADOKAWA CORPORATION, Tokyo through TOHAN CORPORATION, Tokyo.
Complex Chinese Characters © 2021 by Crown Publishing Company, Ltd.

作　　者—結城光流
譯　　者—涂愫芸
發 行 人—平雲
出版發行—皇冠文化出版有限公司
台北市敦化北路 120 巷 50 號
電話◎ 02-27168888
郵撥帳號◎ 15261516 號
皇冠出版社（香港）有限公司
香港銅鑼灣道 180 號百樂商業中心
19 字樓 1903 室
電話◎ 2529-1778　傳真◎ 2527-0904
總 編 輯—許婷婷
責任編輯—張懿祥
美術設計—單宇
著作完成日期— 2016 年
初版一刷日期— 2021 年 3 月

法律顧問—王惠光律師
有著作權 · 翻印必究
如有破損或裝訂錯誤，請寄回本社更換
讀者服務傳真專線◎ 02-27150507
電腦編號◎ 501051
ISBN ◎ 978-957-33-3671-6
Printed in Taiwan
本書定價◎新台幣 280 元／港幣 93 元

• 陰陽寮中文官網：www.crown.com.tw/shounenonmyouji
• 皇冠讀樂網：www.crown.com.tw
• 皇冠 Facebook：www.facebook.com/crownbook
• 皇冠 Instagram：www.instagram.com/crownbook1954
• 小王子的編輯夢：crownbook.pixnet.net/blog